辞世の作法

山折哲雄

講談社学術文庫

はしがき

「こころの作法」、といえばいえるような作法を、子どものころからしらずしらずのうちに叩きこまれていたように思う。そのことを、はじめに語っておきたい。

私は寺に生まれた。浄土真宗の寺だった。親鸞《しんらん》を開祖と仰ぐ宗派である。だから子どものころから父親に経を読む習慣をつけられた。強制されたといった方がよいかもしれない。毎朝のように本堂で経を読む勤行《ごんぎょう》に出ないことには、朝の食事にありつけなかった。

経を読むなどとはいっても丸暗記である。内容や意味がつかめるわけがなかった。第一そこには、こむずかしい漢字がベタで並んでいるだけである。異国の書物を、ほとんどわけもわからず上の空で読んでいるだけだった。

その経典の名前が、『阿弥陀経《あみだきょう》』だった。昔から浄土教系の宗派で大事にされてきたテキストである。そのタイトルからして私には意味不明だった。阿弥陀如来《にょらい》という凄《すご》い力をもつ仏のことを指すらしいことが、薄ぼんやりとわかっている程度だったと思う。

一生のうちに何度も読み返した本ということになると、正直にいって私にはこれしかない。しかし意味もわからずに棒暗記していただけなのであるから、本当は読み返したということにはあたらないのだろう。

もっとも、素読《そどく》という言葉がある。言葉の解釈や文字の詮索《せんさく》はさておき、とにかく文字面にだけ目をさらして大きな声を立てて読む。かつては漢文学習のための基本とされて、たとえば論語の素読などといったものだった。それを何百回、何千回くり返しているうちに、自然に意味が通ずるようになるといわれたものだ。そういうことからすると、私はさしずめ『阿弥陀経』の素読を毎日やらされていたようなものだったのだが、しかしいつまで経っても意味が通ずるというような瞬間に恵まれることはなかった。

変化が生じたのは、大学に入ってからだった。私はたまたまインド哲学科に入り、サンスクリット語を学ぶことになった。そのときになってはじめて、『阿弥陀経』という仏教の経典がインドの古典語であるサンスクリット語で書かれたテキストであることを知らされたのである。私が子どものころから棒暗記させられてきた経典が、じつはその漢語訳であることを教えられたのだった。

あのもっともらしい、呪文のような漢字のつらなりが、そういう意味だったのかと思うようになった。しかつめらしい表情をした漢字の行列が、そんな他愛のない、つまらない意味だったのかとわかって興醒めすることもあった。蓋をあけてみれば何のことはない、『阿弥陀経』とは浄土に存在するらしい阿弥陀如来をただ讃美、讃歎するテキストにすぎないではないか、と思わないではなかったのである。

ちょうどそのころのことだったのではないだろうか。私は斎藤茂吉《さいとうもきち》の『赤光《しゃっこう》』を手にした。その奇妙なタイトルも私の目を惹いた原因の一つだったが、そこに収められている歌の一つ一つがまるで赤い光を放射しているように映ったのである。灼熱《しゃくねつ》した光線の輝きを発しているようだった。私はやがて茂吉自身の言葉によって、その赤光が『阿弥陀経』から採ったものであることを知った。それとほとんど同時に、少年のころから読みつづけていた『阿弥陀経』の一節が、はげしい勢いで脳髄をかけのぼってくるような興奮を覚えたのである。

青色青光　黄色黄光　赤色赤光　白色白光……

ショウシキショウコウ　オウシキオウコウ　シャクシキシャッコウ　ビャクシキビャッコウ……。薄暗い本堂の内陣で、僧衣をつけた父親の傍に座り、ススで黒ずんだ阿弥陀如来をときどき見上げながら口を機械的に動かしていた。チロチロと燃える蠟燭《ろうそく》の灯影《ほかげ》の下で、シャクシキシャッコウ……と唱えていた自分の米粒のような姿が浮かんでくる。わけもわからず、ただ退屈していた。その呪うべき忍耐の記憶、できれば忘却のかなたに追いやってしまいたくなるような記憶が、にわかに生気を帯びて眼前によみがえってくるようだった。

本堂の裏側には納骨堂がくっついて建てられていた。目と鼻の先に立つ阿弥陀如来のそばの空間には、檀家さんたちの遺骨がつみ重ねられていた。毎日のように『阿弥陀経』を唱えているあたりには、いってみれば死の意識が瀰漫《びまん》していたのであるが、そのかつての暗い記憶のなかに、『赤光』に出てくる朱点のような一首がとびこんできた。

のど赤き玄鳥《つばくらめ》ふたつ屋梁《はり》にゐて
　足乳根《たらちね》の母は死にたまふなり

けれども、不思議といえば不思議である。それというのも『阿弥陀経』にあらわれる「赤色赤光」の一段は、この歌にある暗い死の意識とは似ても似つかぬ、硬質の世界を描きだす場面だからである。そこは何よりもまず、極楽浄土という万華鏡のような舞台だった。阿弥陀如来という救済仏がにこやかに鎮座まします天上界である。金・銀・瑠璃《るり》・瑪瑙《めのう》などの宝石によって飾られた金殿玉楼《きんでんぎょくろう》が立ち並んでいる。広々とした美しい前庭には大輪の蓮華が咲き乱れ、その一つ一つの蓮が青光、黄光、赤光、白光を放っているのである。

茂吉ははたして『阿弥陀経』の内容を辿《たど》っていったはてに、この言葉を発見したのであろうか。それとも誰かが唱えている『阿弥陀経』読誦《どくじゅ》の流れのなかに「赤光」の声をききつけ、その文字を手元に引き寄せたのだったか。『阿弥陀経』に魅せられたのであろうか、それとも『阿弥陀経』の「赤光」に魅せられたのか。どうでもいいような問いではあるが、しかしその問いはいつのまにか私の意識を把《とら》えたまま、その底に固着するようになってしまったのである。

＊

『阿弥陀経』がふたたび不思議な震動をみせて私の前に立ちあらわれてきたのは、しばらくして太宰治《だざいおさむ》の『如是我聞《にょぜがもん》』というエッセーに出会ったときだった。太宰のその文章を読みながら、子どものころの抑圧されたような暗い読経体験をまざまざと喚《よ》びさまされたのである。

その文章は、かれが自殺の直前まで『新潮』に連載しつづけたものだった。志賀直哉《しがなおや》を批判して悪罵《あくば》、悪態のかぎりをつくしている。私が読んだのはあとから一冊にまとめられてからだったが、太宰のあられもない狂態ぶりが異様だった。しかしそれにもかかわらず、この上なく面白かった。悪態とはかくまで徹底しうるものか、批判とはかくまでおのれをコケにしうるものかと、背筋が寒くなるような思いだった。

太宰がこの一連の文章のタイトルに使っていた「如是我聞」がにわかに私の不確かな想像力を刺激したのである。ああ、そういうことだったのかと腑《ふ》に落ちるところがないではなかった。それは『阿弥陀経』の冒頭にも姿をあらわすキマリ文句だったからである。『阿弥陀経』を棒暗記で読みはじめていくとき、その呪文のような言葉がまっさきに口からついて出る。それは私に義務づけられていた早朝素読の、最初の掛け声のような言葉だった。いつも舌なめずりするように親しんでいた、言葉にして言葉にあらざる暗号だった。そこにはたして、どんな蜜が含まれていたというのか。

ニョー　ゼー　ガー　モーン

と唱えはじめると、いまでもその蜜が口の中いっぱいにひろがりはじめる。
その蜜の味をはじめて知ったのが、やはり大学に入ってからだった。サンスクリット語の初歩を教えられてまもなくのころである。

エーヴァム　マヤー　シュルタム

それが、「かくのごとく　我れ　聞けり」という意味であることを知ったのである。ニョーゼーガーモーンがにわかに生気を帯びて私の脳裡をかけめぐるようになり、少々おおげさにいえば、『阿弥陀経』の全体像が眼前に彷彿《ほうふつ》するようになった。

エーヴァム　マヤー　シュルタム

かくのごとく　我れ　聞けり
ニョー　ゼー　ガー　モーン

これらの言葉がいつのまにか、インド、中国、日本の大空の上をかけめぐる大音声《だいおんじょう》の連鎖となって響きだしたのである。

もっともこの「如是我聞」というキマリ文句は『阿弥陀経』の冒頭に出てくるだけではない。代表的な仏教経典の多くは、この呪文のような言葉を発してから本論を展開する仕来《しきた》りになっている。つまり経典というのは人間が説いたものではない。仏《ほとけ》が説いたものなのだ。「かくのごとく我れ聞けり」というのは「仏の説くところを我れは聞いた」、という意味だからである。したがって『阿弥陀経』もまた人間が説いた物語なのではない。超人間の仏が説いた思想を、人間が耳で聞き、それを文字に書き写したものということになる。だからテキストによって『阿弥陀経』は『仏説阿弥陀経』と記述されることがある。そしてそれは何も『阿弥陀経』にかぎらない。

太宰治がその最晩年、文壇の長老・志賀直哉にむかって「如是我聞」の刃を立てたとき、これからオレが書くことは人間のいうことではない、仏のいう言葉なのだ、という思いをたぎらせていたのだろう。平俗にいえば、天にかわって不義を打つというぐらいの心意気だったのかもしれない。ニョーゼーガーモーンとつぶやきながら、呪詛《じゅそ》の言葉をつぎからつぎへとつむぎだしているかれの姿がみえてくるようだ。

とりわけ、その太宰の文章のなかで記憶にのこっているのが、「腕力の強いガキ大将、お山の大将、乃木大将」である。『阿弥陀経』を説いた仏がもしも太宰のそのような表現に目をとめたとしたら、何というだろう。破顔微笑するだろうか。背筋をのばし、あごの下に美《び》髯《ぜん》をたくわえている志賀直哉の姿を、乃木希典《のぎまれすけ》将軍のそれに重ね合わせているのである。滑稽なのは、その志賀と乃木をさらに見下すように叱りつけているもう一人のガキ大将、太宰治がそこに顔をのぞかせていることだ。インドの霊鷲山《りょうじゅせん》山頂に立って仏のように獅子吼《ししく》している、もう一人のガキ大将のさびしい姿である。

*

私は今も、年に一度や二度、ふるさとに帰って寺の内陣に座る。そのようなとき、『阿弥陀経』を唱えることがある。半世紀以上も前に暗記していた言葉が、自然に口をついて出てくる。それがときに快くもあり、ときに不安な気分にもさそわれる。半世紀のあいだ親しんできたその呪文のような言葉の一つ一つが、はたして自分の血となり肉となることがあっただろうかと、不安になるのである。

そのようなとき私は、いつのまにか斎藤茂吉の『赤光』を記憶の底から喚《よ》びもどそうとしている。『赤光』のわずかな光を通して『阿弥陀経』の心臓部に探りを入れようとしているのである。そしてあるときは、太宰治の『如是我聞』の一節をとりだしてきて、おのれの胸底にひそむ怨恨《ルサンチマン》の暗渠《あんきょ》におそるおそる両手をつっこんでいる。

これからさき、『阿弥陀経』というテキストが、はたしてどんな表情をみせて立ちあらわれてくるのか、楽しみのような、うとましいような、そんな腰のすわらない気分にとらわれる。そういう点では、私の「こころの作法」はまだ成就《じょうじゅ》してはいないのである。

それというのも、『阿弥陀経』がまだ私のからだにしみついてはいないからである。『阿弥陀経』に説かれている思想が、私自身の思考とうまく嚙み合うまでにはいたっていないのであろう。斎藤茂吉がそのテキストのなかから「赤光」という言葉をとりだしたような決然とした情熱、太宰治がそこから「如是我聞」という警句を引っぱりだしたようなやむにやまれぬ問題意識を、私はまだ『阿弥陀経』を通して発見することができないでいる。そういう点では、私のこころが定まってはいないのである。そしてそれだからこそここでは、その私の「こころの作法」を何とか手元に引き寄せようとして、ささやかな思案を提出してみようと考えた。

本書は、そのような私のいまだに定まらない気持を引きしめようとして試みた企てである。私自身の「こころの作法」を探りだそうとするための手作業だったといっていい。その手作業には、むろんその一つ一つに忘れがたい思い出がある。自分のからだにしみついたなつかしい記憶がある。その思い出と記憶をここでは七つの章に分けて編成してみた。

〈第一章　こころの原風景〉は、われわれの情緒の奥底に眠っている「人生の子守唄」を再現しようとしたものだ。望郷の思い、である。

〈第二章「語り」の力〉は、われわれの歴史や物語を成り立たせている「語り」の大切さについて考えてみた文章である。いわば他者との共感構造の再確認、といった気持で書いたものだ。

〈第三章　人間、この未知なるもの〉は、人間の背後に隠されている脅威や不思議について思わず発した驚きの言葉から成っている。人間観のさらなる深みへ、といった願いがこめられている。

〈第四章　私の死の作法〉は、奉仕と犠牲というテーマを自分の身の上のこととして考えてみようとしたのだが、それは「死の作法」についての自問自答にもなっているかもしれない。

〈第五章　精神性について〉は、任俠道《にんきょう》、町人道、武士道をつらぬくものに思案をめぐらせた文章である。あえて誇大にいえば、日本人のモラルの源流探査の試み、ということになるだろうか。

〈第六章　伝統のこころ、近代のこころ〉は、大衆文学や大衆芸能の世界には古今をとわずこころをときめかす物語が満載されていることをいってみたかった。義理人情の閃光《せんこう》のような輝き、である。

〈第七章　眼差《まなざ》しの記憶〉は、現代の代表的な国民文学にたいする共感の気持をつづった文章である。司馬さんと私の対談集『日本とは何かということ』（日本放送出版協会、一九九七年）に寄せた文章に手を加えたものである。司馬文学のなかから「こころの作法」を聞きわけ嗅《か》ぎわけている人びとの数は意外に多いのではないだろうか。

ものみな規制緩和といわれる時代に、モラルの規制緩和だけは、これはやはり具合が悪いのではないか。このところそのように思ってきた。本書は、そのような世の風潮にたいする異議申し立ての気持から、自分へのいましめをもこめて編んだものである。

二〇〇二年　夏

学術文庫版のはしがき

本書の前身である『こころの作法』(中公新書)が刊行されたのは二〇〇二年だから、それから今年で二十年が経つ。その間、国内外の変貌ぶりは予想をはるかに超えるものだった。二〇〇一年九月一一日のアメリカにおける同時多発テロ、二〇一一年三月一一日には東北地方太平洋沖大地震の大事件が発生した。そして昨年(二〇二〇年)から今年にかけて世界を震憾させる新型コロナ・ウイルスによるパンデミックの惨禍が無気味な足音をたてて襲ってきて、われわれの日常の暮らしと生死の根本を揺るがしつづけている。

それにつれて、われわれの生活を律する「こころの作法」の領域もまた、この超高齢社会の到来とともに新たな脅威にさらされ、緊急の点検をせまられることになっている。

そこでこのたび、全七章から成る前著『こころの作法』に第八章として終章「辞世の作法」、すなわち「自然葬の行方」「一期一会の歌」「挽歌の作法」の三節を増補し、書名を『辞世の作法』と改訂することにしたのである。その背景として、さきにのべたようにテロや大地震に伴う原発事故やコロナ禍などの大事件が、世紀の代わりめに大きな影を投げかけていることはいうまでもない。

前著の『こころの作法』を受けついで、今回も「作法」の言葉を用いたが、「作法」の意味は知られるように「文法」の語と一部重なる。けれども一般には文法はグラマーのことで文章の規則やルール、それにたいして作法は行儀やマナーの意味として区別され、理解されてきたようだ。

私はこのところ、よく散歩に出る。七十代のころから、それがほぼ日課になっている。それまでは、朝おきて小一時間ほど、呆然と坐っていた。早朝坐禅、である。それが脚を痛めてからは早朝散歩に姿を変えていたのである。

路地小路を歩いていると、若いころのことがよく蘇る。細い、静かな道をたどっていると、周囲の景色のなかからそれが飛びだしてきて、いつしか明るい、朗らかな気分になっている。

私は晩年のある時期、芸術系の学園で若者たちを相手に、雑談のような話をしていた。

ノートをとるな
黒板をみるな
オレの顔をみてくれ

などといっていた。

昨年のコロナ禍のさなか、そのころの友人から頼まれて、若者たちにたいするメッセージを書かされた。いたし方なく、芭蕉の言葉（「栖去《せいきょ》の弁」）を盗んで一文を草し、「辞世の弁」と題してみたのである。

何とも気恥かしい話だが、それを本書の〝「あとがき」に代えて〟に付して、わが希望の糧にしようと思ったのである。

二〇二一年五月二一日

洛中にて　山折哲雄

目次

辞世の作法

第一章　こころの原風景

消えゆく短調のメロディー

　日本の子守唄が、遠くなってしまった。もうどこからもきこえてこない。もっとも、ヨーロッパの子守唄はかすかながらきこえてくる。だが、日本の古い、あのなつかしい子守唄の歌声はほとんどわれわれの耳にはとどかなくなった。

「胎教の音楽」と称するＣＤが何種類も店頭には並べられているが、そのなかにもあらわれない。では幼児用、低学年用の音楽教材ではどうか。〇歳児用というＣＤがある。一学年、二学年、三学年……とつづくその音楽教材も盛んに売られている。しかしそのどれにも登場してこない。私がいっているのは、「五木の子守唄」とか「島原の子守唄」、そして「中国地方の子守唄」などのことだ。

　それらの子守唄が、胎教用、幼児用、低学年用の音楽教材からすっかり姿を消してしまっているのである。あの哀調をおびた、ふるさとそのもののようなメロディーが、われわれの日本の家庭からほとんど追放のうき目にあっている。切々と胸に訴えかけてくる短調の旋律が、小学校や中学校でもうたわれてはいない。

ある新聞に載っていた話だが、ある母親が子どもに子守唄をうたってきかせたところむずかりだした。フトンにもぐりこんで拒否反応を示したという記事が話題になった。同じような嘆きの声が投書の形でたくさん寄せられたのである。しばらくして写真家で作家の藤原新也さんが、その新聞に仮説を発表された。朝から夜まで民放テレビが流しているコマーシャル・サウンドに原因があるのではないかと。そこには短調のメロディーが一つもみつからなかったからである。

短調を忘れた時代がいつのまにか忍び寄っていたのだ。その翌年だったと思う。横浜で中学生たちが浮浪者を襲って殺傷する事件が発生した。つづいて、グリコ・森永事件がおこっている。当時の私はこれらの事件と、子守唄をきいて拒否反応を示す子どもたちとのあいだに何らかの関係があるなどとは思ってもみなかった。だがよくよく考えてみれば、悲哀の旋律を忘れた社会というのは、ひょっとすると他人のこころの痛みや悲しみに鈍感になっている社会なのではないか。われわれはいつのまにか短調排除の時代を生きて、感性の大切な部分を失いつつあるのかもしれないのである。

さきに私は、幼児用・低学年用の音楽教材から子守唄が姿を消してしまったといったけれども、正確にいうとかならずしもそうではない。なぜならそのなかにシューベルトやブラームスの子守唄はちゃんと収められているからである。それはすでに明治時代の尋常小学唱歌集などに登場していた。また歌詞をみればわかることだが、そこには西欧中産階級の幸福な家庭と優しい母の姿が描きだされ、楽しい眠りと安らぎの雰囲気が立ち上っている。

「五木の子守唄」や「中国地方の子守唄」とは雲泥の差といっていいだろう。貧しい家の娘が金持ちの家の子守になってはたらく。美しい着物と帯を着ている金持ちの娘と、乞食娘のような自分、といって嘆いている。貧困と差別にあえいでいた子守娘たちだった。そしてそんな暗い時代の記憶を否定し、のり越えるためにこそ、われわれの近代はあったのである。文明開化、西洋化の路線がそうだった。「五木の子守唄」や「島原の子守唄」をかなぐり捨てて、ひたすらシューベルトやブラームスの子守唄の世界にたどりつこうとして急な坂を登りつめてきたのである。

そんなわれわれの「近代」を、いったい誰が否定できるというのだろう。「古き日本の子守唄よ、ふたたび」と願う者がすくなくなったとして、いったい誰が責められよう。けれどもそのことによってわれわれは、子守唄が担ってきたはずの悲哀の旋律までを手放すことになってしまったのではないだろうか。もしもその短調のメロディーとともに、人の悲しみに共感し涙するこころまでが枯れはててしまったとしたら、われわれはすでにとり返しのつかないところにきているのかもしれない。

夕焼け信仰

山田洋次《やまだようじ》さんにお目にかかったときだった。「男はつらいよ」シリーズの話になった。あの映画は、「寅さん」を主人公に五十本近くつくりましたが、そのぜんぶに「夕焼け空」の場面を入れました、といわれた。

それをきいて私は驚いた。そのシーンのいくつかは覚えていたが、シリーズ全部に「夕焼け空」が登場してくるとは思ってもいなかったからである。ちょうど渥美清さんが亡くなった直後のことで、もうそれもかなわなくなったといって、山田さんは肩を落とされた。私がその話にきき耳を立てたのは、じつは夕焼けにまつわる忘れがたい思い出があったからである。

もう十数年も前のことになるが、東京である国際会議に参加し、韓国からこられた仏教学者の李箕永《イギヨン》さんにお話をうかがう機会があった。李さんはパーティーの席上で、「私は日本人がうらやましい。なぜなら日本人の多くが仏教というものをこころから受け入れているからです」といわれた。思わず、わが耳を疑いたくなるような気分になった。というのも当時の私は、日本人の大部分は無神論に傾き、無宗教民族であると思っていたからである。そのことを率直に口にすると、李さんはにっこり微笑《ほほえ》んでいった。あなた方は「夕焼小焼」という童謡をよくうたうでしょう、あの歌には仏教の本質のすべてがうたいこまれているのではないでしょうか……。

虚をつかれるとはこのことだった。一瞬沈黙し、その歌の文句を反芻《はんすう》したとき、ひょっとするとそうかもしれないと思えてきた。しかしそんなことをいった人はどこにもいなかったし、文字に書かれたこともなかったのではないか。

夕焼小焼で日が暮れて
山のお寺の鐘がなる
お手々つないで皆帰ろ
烏と一緒に帰りましょう

あらためてうたってみて、なるほどそうだ、と思わないわけにはいかなくなった。つくられたのが大正の大震災（一九二三年）のころ、作詞が中村雨紅《なかむらうこう》で、作曲は当時東京音楽学校の教授だった草川信《くさかわしん》である。中村雨紅は八王子の神社に生まれ、女学校の先生になった。野口雨情《のぐちうじょう》などとともに活躍した童謡作家である。

一行目に「夕焼小焼で日が暮れて」とあるが、夕焼け空をみて感動する人は多い。その経験を語るときの表情の輝きもまた格別である。それだけではない。古来、落日をうたった歌が多いことにも気づく。夕日にむかって敬虔《けいけん》な祈りを捧《ささ》げる詩人たちの言葉もたくさんのこされている。絵の世界でもそうだったのではないか。多くの絵描きたちがそれこそ平安時代いらい、夕景のなかにある富士山の千変万化はもちろん、山や海のかなたに沈む太陽や夕映えの光景を描きつづけてきた。

その伝統が明治の新時代になってもつづいていた。学校唱歌や童謡にうたいつがれ、流行歌のなかにまで顔をのぞかせるようになった。それらのなかでもとくに忘れがたいのが、三《み》木露風《きろふう》作詞、山田耕筰《やまだこうさく》作曲の「赤とんぼ」ではないだろうか。さきの「夕焼小焼」とほぼ同時期につくられている。

夕焼小焼の赤とんぼ
負われて見たのはいつの日か

この「夕焼け」をうたった二つの歌の誕生とともに、われわれの時代はあの十五年戦争の暗い谷間に入っていった。その苦難の時期を、われわれはこの夕焼けの歌を唇にのせることでみずからを慰め、未来に期待をつないできたような気がする。

それにしても、なぜ夕日なのだろう。どうして落日にこころを動かされるのだろうか。いろいろなことが考えられるが、やはり根本のところは、われわれの先祖たちがその夕日のかなたに「浄土」をイメージしてきたからではないかと思う。この世を去って新しく生まれ変る理想国土のイメージが、落日とその荘厳な輝きに託されていたからではないだろうか。

夕日信仰はひょっとすると、日本人における文化的遺伝子だったかもしれない。

＊

夕日といえば、柳田国男《やなぎたくにお》が子守唄について書いたエッセーを思い出す。日本各地で採集したいろいろな子守唄についてじつに行きとどいた考察を加えている文章だったが、そのなかに私の目をとらえて放さなかった子守唄がある。

親のない子は夕日を拝む
親は夕日のまんなかに

こころが大きく揺らぐような気持になったことを思い出す。昔から親のない子は多かった。親に死なれた子、親が家にいない子、親に捨てられた子……、そんな子どもたちは珍しくなかった。今日でも、それは変らないだろう。いや、一つだけつけ加えなければならないことがある。親に殺される子……。

本当のことをいえば、昔も今も何ら変ってはいないのかもしれない。柳田が子守唄にふれたときのこころの騒ぎのようなものが、そのまま生き生きと私の血のなかにも伝わってくるようである。

私たちの周辺にも、親はいるのに親に見放されている子どもたちがすこしずつ増えてきている。かれらは幻のような親の面影をさがし求めて、夕方の一刻、落日を拝むといったことがあるのだろうか。親の姿を夕日のまんなかに拝むことがあるのだろうか。

それについて気になることがないではない。数年前のことだが、川村学園女子大学の斎藤哲郷さんが興味ある調査をされた。関東や東北の二千二百余人の小中学生を対象とする意識調査をした結果、何と、日の出、日の入りを見たことのない小中学生が四三％もいたという。これには本当に驚かされた。都会の子どもと地方の子どものあいだにもほとんど差がないというのにも意表をつかれた。

十数年前にも同じような調査をしたのだが、「夕焼け小焼け」体験をしたことのない子どもの数が、その当時より二倍以上も増えているのだという。「夕焼け小焼け」体験をしたことのない子どもたちは、その時刻におそらく塾に行っているのかもしれない。それともビルの谷間に追いやられて、見ようにも見ることができなくなっているのだろう。たとえ見ていたとしても、記憶にのこるような形では見ていないのだ。

ところで、松尾《まつお》芭蕉《ばしょう》も夕日を見るのが好きだったのではないだろうか。『奥の細道』をみると、それがよくわかる。江戸からみちのくへの旅に立ったのが春だった。福島や松島を訪れ、平泉の中尊寺まで行っている。そこから引き返して山寺《やまでら》へ……。私のふるさとは岩手県の花巻であるが、芭蕉はどうして平泉からさらに足をのばして花巻まで行かなかったのか。それが何とも残念でならない。おそらく、先を急ぐ理由があったのである。かれは山寺の立《りっ》石寺《しゃくじ》で例のセミの声をきいたあと、最上《もがみ》川を下って酒田《さかた》にでた。それが夏の真っ盛りの八月(旧六月)。この時期に日本海に沈む太陽を芭蕉は拝みたかったのである。

暑き日を海に入れたり最上川

酒田は最上川の河口にある。豊かな水量の大河が足下を日本海に流れ入っている。水の勢いが宙に舞い上がり、それに圧されるように太陽が水平線のかなたに沈んでいく。荘厳な落日の光景だったにちがいない。真夏の海上に演出されるその一瞬をのがすまいと、芭蕉は道を急いでいたのではないだろうか。かれには花巻の地まで足をのばしているいとまはなかったのである。

芭蕉は『野ざらし紀行』という旅日記ものこしている。その最初のところにでてくる話である。富士川のほとりを行くと、三つばかりの捨て子がいて泣いていた。それを見たかれは食い物を投げ与え、親をうらむな、自分の天命のつたなさを嘆け、といって通りすぎていった。そのとき芭蕉はどうして、その捨て子に「夕日を拝め」といってやらなかったのだろうか。のちに、日本海に沈む太陽を眼前にしたとき、富士川のほとりで出会った捨て子のことを思い出さなかっただろうかと、ふと思う。

山のお寺の鐘

以前私は奈良に住んでいたが、朝六時になると鐘の音がきこえてきた。散歩に出て興福寺の五重塔まで歩くことがあった。二、三十分ほどのコースだ。夕暮どきにも、鐘の響きに耳を澄ますことがあった。

家にいるときは、鐘の音に誘われるようにしてよく茶をのんだ。茶をのめば、鐘が鳴るなり興福寺、というわけだ。しかし実のところ、その鐘の音が興福寺で鳴らされているものかどうか、たしかめてみたわけではない。

さきにとりあげた中村雨紅の「夕焼小焼」にも鐘の音がでてくる。ふたたび記すと、

夕焼小焼で日が暮れて
山のお寺の鐘がなる
お手々つないで皆帰ろ

鳥と一緒に帰りましょう

夕日のイメージと寺の鐘の響きが、これでわれわれの記憶に刻みこまれるようになったといっていい。しかしよくよく考えてみると、日本人の仏教感覚はそもそもこの山のお寺の鐘の響きとともに育《はぐく》まれたものだったとも思う。最澄《さいちょう》が比叡山に天台宗を開き、空海が高野山に真言密教の道場をはじめたときから、「山のお寺」の伝統がつくられていった。日本の仏教は山の仏教としてはじめて人びとの心の奥深くしみ通るようになったのかもしれない。山のお寺が鳴らす鐘の音によって、われわれの先祖は起床して食事をした。それを合図に町では市場がたち、政治的な集会もおこなわれた。勤行と祈りの時間がそれによって刻まれていたことはいうまでもない。ヨーロッパの都市で、日夜教会が鳴らす鐘の音の役割と何ら異なるところはなかったのである。

私の知人に大変な鐘のコレクターがいた。いま消息はとだえているのだが、そのかれがアメリカにある国際ベル協会の総会に招かれて基調講演をした。冒頭でこんな話をしたというのである。西欧の教会が鳴らす鐘の響きは此岸《しがん》的であるが、仏教のお寺が鳴らす鐘の音は彼《ひ》岸《がん》的に響く。論より証拠、教会の鐘は「カーン、カーン、カーム、カム（come）……」と鳴るのにたいし、お寺の鐘は、「ゴーン、ゴーン、ゴーン（gone）……」と鳴る。満場を笑いに誘ったジョークだったのだが、これはこれでよくできた話ではないだろうか。日本人の無常観も、ひょっとするとこの「ゴーン、ゴーン、ゴーン」と深い関係があるのかもしれない。

三行目の「お手々つないで皆帰ろ」はどうだろう。西の空に日が落ちる時刻、遊びに出ている子どもたちよ、家に帰れ、というメッセージである。親のもとに帰れという呼びかけである。だが、その言葉がもしも今なおわれわれの胸の内にこだましているとしたら、おそらくそこに本来帰るべきところに帰れ、というもう一つのメッセージが含まれているからではないだろうか。「帰りなんいざ、田園まさに荒れなんとす」という、陶淵明《とうえんめい》の詩の一節がよみがえるからではないか。帰去来感情といってもいい。平安時代以来のもう一つの無常感覚として、われわれのかすかな記憶の断片になっているものである。

そして最後の「烏と一緒に帰りましょう」がくる。カラスは、今日では新幹線の線路に悪さをし、神宮の森まで荒らすいたずら者であるが、かつては子どもたちの空飛ぶよきパートナーであった。カーカーと鳴く声までが落日の光景と重なる。

烏と一緒に帰ろうという気分になるのは、烏のような小さなものたちとともに生きているという実感があったからこそであろう。生きものたちとの共生感覚である。今でこそこの日本列島は共生、共生の大合唱でわきかえっている。われわれも共生という言葉に飛びついて我を忘れている。しかしそんなことはすでに「夕焼小焼」のなかでうたわれていたのである。そして大切なのは、その共生感覚には、やがて人間は涅槃《ねはん》を迎えるという共死の無常観までが脈打っていたということだ。共生共死の人生観である。それが今日この日本列島では、ただ生きたい、ただ生き残りたい、というエゴイスティックな共生の合唱だけしかきこえてはこないのである。

二羽の「夕鶴」

大阪で坂東玉三郎《ばんどうたまさぶろう》の『夕鶴』公演があるというので行ってきた。木下順二《きのしたじゅんじ》の名作である。山本安英《やまもとやすえ》が主演し、「つう」の役を一〇三七回も演じたというのだから凄いものだ。山本さんが亡くなり、作者の意向もあって上演されなかったが、東京の銀座セゾン劇場で十一年ぶりによみがえることになった。新たな主演が玉三郎さんということで話題になったが、そのときは見る機会を逸した。それが大阪で再演されるというので、出かけたのである。

『夕鶴』は民話「つるの恩返し」を現代劇にしたものだ。傷ついた鶴を百姓の与ひょうが助ける。鶴は恩返しのため与ひょうの女房になり、羽根をむしって美しい着物を織ってやる。それを売って大金をもうけた与ひょうは仲間にそそのかされ、要求をエスカレートさせていく。が、つうはかれらの強欲に愛想をつかし、天に帰っていく。

幕が上がると舞台は一面の雪で、ぽつんとあばら家が建ち、そのうしろに赤い夕焼け空がひろがっている。山本さんのときもそうだったが、玉三郎さんの場合も一面の雪と夕焼け空だった。そこへ遠くから、わらべ唄がきこえてくる。

最後のシーンでも、人間たちに絶望したつうが赤い夕焼け空にむかって飛んでいく。それが私の頭に焼きついていた。『夕鶴』という作品は夕焼け空の光景にはじまって、まっ赤に燃え上がる夕焼け空をバックに幕が降ろされる。その鮮やかなイメージが、一度それを見たものの胸から消え去ることはない。この作品ははじめからそのような構想のもとにできていたのではないだろうか。

はじめのころ与ひょうを演じていたのは宇野重吉《うのじゅうきち》さんだったが、宇野さんが亡くなったあとは狂言の茂山千之丞《しげやませんのじょう》さんがやっていた。一昨年、茂山さんにお目にかかったとき面白いことをいっておられた。——難しいのは最後の場面でした。つうが夕焼け空に飛び立っていくとき、与ひょうははじめて大切なものを失ったと気づく。その気持を、自然に涙が流れてくるように演ずるのであるが、それが難しい。歌舞伎のような古典芸能の場合、泣くときはたとえば「カァ……」といって「カ行」で泣くのであるが、『夕鶴』のような現代劇の舞台では様式にのっとって泣くのではなく、自然に涙が流れてこなければならない、それが大変でしたといっておられた。

なるほどと思ったのであるが、それはそれとしてこんど玉三郎さんの舞台を見て、私は驚かされた。それというのも「つう」が最後に天に帰っていくとき、空から雪が降りしきっていたからだ。舞台からあの鮮やかな夕焼け空が消えて、雪が静かにとだえることなく舞っていたからである。私は一瞬虚をつかれるような思いであったが、やがて腑に落ちた。玉三郎さんが鶴となって天空に舞い上がるシーンは、降りしきる雪空においてこそもっともふさわしいと納得したのである。夕焼け空にはじまって雪空で終るという演出だったわけであるが、それをバックに玉三郎さんの姿は本物の鶴と見まがうばかりに、くっきり照り映えていた。

それにしても「夕鶴」とは美しい言葉ではないだろうか。はじめ私はそれが『万葉集』や『古事記』に出てくる由緒ある古語ではないかと思っていた。ところがどの辞書にも出てこなかった。不思議な気分であきらめかけていたが、ある辞典をくっているとき、それが木下さんご自身による造語であることがわかった。「夕鶴」という言葉が『夕鶴』という作品に発するということが明らかになったのである。

「夕鶴」は古典の香りをたたえる現代の言葉である。そのため、われわれのこころの奥底にしみ通るようなイメージを喚起するのであろう。夕焼け空に飛び立っていく山本さんのつう、一面の雪空に舞い上がっていく玉三郎さんのつう――どちらのイメージも私の郷愁をさそってやまないのである。

第二章 「語り」の力

歌のリズムと生命のリズム

敗戦の年、私は旧制中学二年だった。その年から教壇に立った国語の先生の授業が忘れられない。授業の冒頭、先生はかならず島木《しまき》赤彦《あかひこ》の歌を黒板に大きな字で書いた。先生は「アララギ」に属する歌人だった。それからわれわれの方を向き、黒板の歌を教室にひびきわたるような朗々とした声で詠《よ》みあげた。

いつでも、きまって島木赤彦だった。赤彦が辛夷《こぶし》の花をうたった歌がよくでてきた。赤彦ばかりで斎藤茂吉が一度も黒板の上に登場してこないのが、私にはちょっと不満だった。先生はよほど赤彦を尊敬しているのだ、ということがよくわかった。先生が授業で何を話していたのか、それはすっかり忘れてしまった。しかし、赤彦の歌を真剣な面持で詠みあげる先生の姿だけは私の脳裡《のうり》に深く刻みつけられ、そのイメージはほとんど私の肉体の一部になっている。

私の肉体の一部になっているのは、どうやら和歌のリズムのようである。私は赤彦の歌そのものにそれほどこころを動かされたわけではなかったからだ。好きか嫌いかといわれれば、はるかに茂吉の方が好きだった。しかし和歌の五七調のリズムが私のからだのなかに棲《す》みついたのは、明らかにその先生の授業のおかげであった。そのように、いまにして思う。

それから、かなりの時間が経った。一九六〇年代、日本列島の大学のキャンパスに全共闘の運動が荒れ狂った。若い学生たちがヘルメットをかぶり、覆面をして演説をする姿がどこでもみられた。その演説をきいていて、かれらがいったい何をいっているのか、何を訴えようとしているのかが、もうひとつよくわからなかった。国家や大学を糾弾していることは、所々耳に入ってくる断片的なキマリ文句によってわかったが、しかしそれらの言葉が私の胸のなかにとどくことはなかった。こころにひびくことがなかった。

ちょうどそのころだった。本郷三丁目のあたりで、哲学者の森有正《もりありまさ》さんにお目にかかった。当時森さんは、東大の助教授の職を辞し、フランスに定住しているころではなかったかと思う。ときどき日本に帰ってきて、国際基督教大学などで集中講義をしていた。

私がはじめてお目にかかったのもそういうときだったが、眼前の東大ではまさに時計台闘争のまっさい中だった。数日前、国際基督教大学にあるパイプオルガンでバッハを弾いてきたといって、顔をほころばせていたのが印象にのこっている。話が自然に全共闘のことに及んだが、そのとき森さんは、全共闘諸君の演説口調、あれは五五調だね、といって口真似をし、気持良さそうに高笑いした。

私はなるほどと思った。まさにその通りとあいづちを打ち、それまでしこりのようにのこっていたものが一挙に氷解したような気分になった。「政府の……」とか「日本国家は……」とか「大学教官たちの……」とかの言葉が、その字数のいかんにかかわらず、ぜんぶ五五調にのせられて発音されていた。それはわれわれの伝統的な詩歌のリズムとは異質なものではないか、という話になったのである。私はその森さんの指摘に感じ入った。

考えてみれば、あの全共闘というのは、日本文化の伝統的な生命リズムを壊そうとする運動だったのかもしれない。それは政治のシステムや社会のあり方にたいする若者たちの異議申し立てであったとよくいわれる。もちろんそうであろうが、加えて、もっと深いところでわれわれの日常生活を律してきた古典的なリズムへの反抗、伝統的な生活感覚への反逆を意味していたのかもしれない。それがいつしか五五調の演説スタイルになっていったのではないだろうか。

やがて、全共闘運動は退潮していった。高度経済成長の波が日本列島を覆い、大学のキャンパスも平静をとりもどし、新しい世代の学生たちであふれるようになる。そうなって、もうどこにもあの五五調の演説がきかれなくなった。ちょうどそのようなときだったのではないだろうか。俵万智《たわらまち》さんの歌集『サラダ記念日』が出版され、それがまたたくうちに大ベストセラーになったのは。

『サラダ記念日』は、明快な言葉と新世代の感覚を豊富に盛りつけ、新鮮なサラダのような香りをただよわせて、社会の広い層にうけ入れられていった。若い世代から老年世代まで、歌の素人から玄人まで、その歌集は人びとのこころを惹きつけ、色とりどりの話題をつむぎだすことに成功したのである。

しかし本当のことをいえば、この新時代の歌集は、五七調という本来の和歌のリズムの重要性を多くの日本人に気づかせ再認識させたという点で、画期的な意味をもっていたのではないかと私は思う。というのも、それまでの日本の社会の全面を覆っていたのは、あの灰色の五五調であったからである。われわれは五五調の退屈さにほとんど絶望的なまでにあきあきしていたのではないかと思う。そのような鬱屈《うっくつ》した気分に侵されていたこの日本列島において、俵万智さんの『サラダ記念日』は、通俗的ないい方にはなるけれども、まさに干天の慈雨《じう》を降りそそいだのである。われわれの意識下に眠っている本来の生命リズムに気づかせてくれたのであったと思う。

そういう意味では、俵万智という歌人の登場によってはじめて、全共闘運動は本当に幕を降ろすことになったということになるのかもしれない。『サラダ記念日』という一冊の歌集が全共闘運動の息の根をとめたのである。

そういうことになったいきさつを、森有正さんにあらためてお知らせしたいと痛切に思うのであるが、しかしもうかなわない。なぜなら、本郷でお目にかかってからまもなく森さんはフランスに去り、そのまま昭和五十一（一九七六）年に世を去ってしまわれたからだ。

中学生時代の先師を思い、「五五調」の命名者の面影をしのびつつ、私はいま自分自身のうちに流れている生命のリズムの鼓動に耳を澄ましているのである。

語ること／聞くこと

私はこれまで大学に勤めているときはすくなくとも週に一度、多くの学生たちの前に立って講義をしてきた。題して「人間学概説」。たまたま学長職にあったときも、行政の仕事だけで日を送ることに耐えられず、つい講義に手を出したのである。

それは必修課目になっていた。だから学生は全員聴講しなければならない。けれども出席をとらなかった。つまり学生はいくらサボっても自由であった。自分の学生時代のことを思い出しながら、それもいいかとあきらめて、学生たちの前に立っていたのである。

以前私が勤めていたその女子短大では、社会人にも開放する聴講生制度をとっていた。それで二十人近くのお母さん方もききにこられる。娘のような学生といっしょに机を並べていた。あるとき私語している学生をはげしく叱ったとき、あとからお母さんの一人がやってきて、こういわれた。あのとき、つい母性本能がこみあげてきて、あの学生をかばってあげたくなりました……。そういう得がたい経験も、たまにはする。それが面白くて、毎週学生たちの前に立つことがやめられなかったのである。

私は新学期がはじまってまもなくのころ、学生たちにむかってノートをとるな、という。これはもうここ十数年来、毎年のようにいってきたことだ。そういうと、かれらははじめキョトンとした顔をする。この教師は何ということをいうのか、といった奇妙な表情をする。

私のいい分はこうだ。――あなた方は私が話をすると、すぐノートに書きはじめる。黒板に字を書くと、それもノートにしたがる。そんなことは、もうしなくてもいい。黙って、私の話をききなさい。私の話をきいて頭のなかに刻まれたこと、こころの底にのこったことだけを授業が終ってからノートに記すのだ。自分の家や宿舎に帰ってからノートすればよい。それが、書くということの本当の意味なのだ。だからそのとき、もしも何にも頭にのこっておらず、こころにものこっていなかったら、君たちは何も書く必要はないのである。そもそも書くという行為は、教師がいったことを右から左にノートすることなどではないのだ。

そのように私の意図を話すと、学生たちはすこしはわかったような顔をする。なるほどといったような表情をしてうなずくものもいる。けれども、ふたたび講義をつづけていくうちにノートに書きはじめるものがでてくる。連鎖反応のようにあちこちでノートをとりはじめる。

教室ではノートをとることが、自動機械がやるように身についた習慣になっているのである。

る。そんなとき、毎回のことだが、私はサジをなげたような気分になる。かれらの多くは、小学校、中学校、そして高等学校へとすすむ過程で、毎日のようにノートをとらされつづけてきた。勉強するとはノートすることだと、徹底的に教えこまれてきているのである。学校の教室においてだけではないであろう。家庭においても、お母さんからいつもそういわれて尻を叩かれてきている。

だから私がいくら、大学に入った以上はそのようなノート取りの悪習から自由になれ、書く前に考えよ、などといっても、効果はほとんどあがらない。効果があったとしてもわずか五分間だけ、という結果に終る。そんなとき私はいつも長嘆息しながら思う。いまの子どもたち、学生たちは、学校や家庭でじつにおびただしい数の「もののけ」にとりつかれてしまっているのではないか、と。そういうたくさんの「もののけ姫」たちを前にして、その「もののけ」をどのようにして払い落としたらよいのかと、いつも途方にくれているのである。

ところがさらに驚かされるのは、学生たちだけではない。聴講生のお母さんたちまでが、これまたものすごい勢いでノートをとっているのである。私がいくらノートをとらずに静かに話をきいてほしいと懇願しても、ほとんどの方がにが笑いを浮かべるだけで、ノート取りをやめようとしない。その光景には本当に圧倒されてしまう。「もののけ姫」の伝統は根が深いということを思いしらされて、自分の非力をかこつほかなくなる。

なぜ、そんなことになってしまったのだろうか。おそらく根本の原因は、学生にむかって語りかける教師の能力が極度に貧困になってしまったということがあるのではないだろうか。語りの魅力、語りの技倆が失われてしまったのではないか。もしも教師の側に情熱的な語りのリズムが確保されてあれば、学生の側に、その語りをかたずをのんできくという反応が反射的に生ずるだろうからだ。聞き惚れる、といってもいい。そういう光景が、われわれの学校の「教室」からはほとんど消え失せてしまっているのかもしれない。

戦後まもなくのことだったと思う。視聴覚教育ということが叫ばれるようになった。教育の現場に映像や音声をもちこんで、目や耳からいろいろな情報を生徒や学生たちに注ぎこもうという新しい教育システムの導入がはじまった。はじめは物珍しさも手伝って、流行現象になった。時を経るにつれて、それが当たり前の教育技法になっていった。教師たちはわれもわれもと、教室にテレビをもちこみ、ラジカセを運びこんで映像と音声を流しはじめるようになった。百聞は一見にしかず、の現代版である。この場合、視聴覚の「聴」が教師の語りを聴くということではないことに注意しなければならない。それは要するに録音されたさまざまな音声を聴くということだったからである。

しだいしだいに教師による語りの世界が軽視されていったのである。生徒や学生たちにたいして教師が正面から語りかける能力が地盤沈下をおこしはじめたのだといっていいだろう。気がついたとき教師たちは、生徒や学生たちにスライドやビデオをみせ、録音した音声をきかせながら、そのあとわずかにコメントを加える解説者の役割を演ずるようになっていた。それが華やかなスタートを切ったはずの視聴覚教育というものの、今日における寂しい成果なのではないだろうか。

教師の側に、人間にむかって話す能力が急速に失われてしまった。生徒や学生にむかって正面から語りかける技倆がどこかにいってしまったのである。考えてみれば、戦後五十年を経てねりあげられてきた視聴覚教育という名の教育システムこそ、「もののけ」中の「もののけ」、おそるべき「もののけ」の元凶なのではないだろうか。

フェアプレイか無私か

「語り」ということでいえば、講談調の語りとか浪曲調の語りというのがあった。それが学校の教室などでも結構活用されていた。しかし戦後になって、これらの語り物はさきにふれた新時代の視聴覚教育の流行に押されてしだいに衰退していった。いや、衰退どころか、軽蔑され忌避されていった。それにともなって、教師の側における語りの能力、生徒にむかって語りかける情熱も衰えていった。散文的な解説や分析だけが目立つようになったのではないだろうか。

かつての講談調の語りや浪曲調の語りのなかには、よく知られた歴史的な事件や人情話が満載されている。それらの語りを息をのんできいているうちに、自然に歴史のひとこまを覚えたり、人情の機微に目を開かれたりしたのである。そしてそういう語りを身につけている教師に生徒たちは拍手喝采を送っていた。たとえば堀部安兵衛が登場する「高田の馬場」の仇討《あだうち》、あるいは不義密通のはてに自殺してしまう「樽屋《たるや》おせん」の話などである。そのような語り物のなかで人気があったのが、宮本武蔵《みやもとむさし》や千葉周作《ちばしゅうさく》のような剣の達人の話ではなかっただろうか。

それらの昔語りの定番を、私は今日の時代の趣向に合わせて、学生たちの前で語ってきかせるときがある。たとえば剣の道はフェアプレイか無私か、といったテーマを掲げて——。

＊

斎藤茂吉はどうも、宮本武蔵が好きではなかったらしい。それというのも、武蔵は武士の風上にもおけぬ卑怯者だといっているからだ。

茂吉は昭和五（一九三〇）年に「巌流島《がんりゅうじま》」というエッセーを書いているが、そのなかで独特の宮本武蔵論を展開している。私は、はじめてその文章にふれたときの驚きを忘れることができない。面白い議論といえばいえるが、それにしても茂吉は本気でそう思っているのだろうか、という疑念がわきおこってきたのである。

慶長十七（一六一二）年のことだった。下関から目と鼻の先の海上にある巌流島で、佐々《ささ》木小次郎巌流《きこじろうがんりゅう》という剣客が宮本武蔵と闘い、敗れてこの島で殺された。つばめ返しの小次郎と二刀流の武蔵の決闘だった。

勝負の日、両名は辰《たつ》の上刻（午前七時）までに島に到着する約束になっていた。しかし武蔵はわざと三時間も遅れてやってきた。時間通りにきていた小次郎はいらだち怒り狂ったが、武蔵はそれに冷笑をあびせたまま闘いにのぞんだ。剣を抜いて襲いかかってくる小次郎に武蔵は重い木刀で立ちむかい、ついにその頭蓋を打ちくだいた。小次郎は武蔵の術中に陥ったまま、勝機を逸したのである。

斎藤茂吉は、そうしたやり方で勝った武蔵を卑怯者とののしった。かれは自分の足で巌流島を訪れ、現場を見てそういっている。三時間も故意に敵をいらいらさせた武蔵を憎悪し、むしろ小次郎に同情するとさえいっている。一方の小次郎が剣で闘おうとしたのにたいし、武蔵が断りも通知もせずに木刀を使っているのも、あざとい仕業で面白くない。武蔵は六十度も真剣勝負をしているため、その勝負の骨《こつ》をのみこみすぎていて、それも面白くないといいつのっている。思いこんだら一歩も退かぬ、いかにも茂吉らしい憤懣《ふんまん》の爆発である。

いわれてみて、私はなるほどと思った。茂吉の腹立ちも同情できる。武蔵をさむらいの風上にもおけぬ奴、といって怒るのにも一理あるのではないか。ところが、当時この茂吉の文章を読んだ菊池寛《きくちかん》が、すぐさま反論の筆をとった。――いくら茂吉がそんなことをいっても、あの時代ではやはり武蔵が一番強い。いきおい尊敬せざるをえないではないか、と。

茂吉が猛然と反撃したことはいうまでもない。ふたたび「巌流島後記」なる小文を書いて応じたのである。小説家の菊池氏ともあろうものがその程度のことでは、人間にたいする観照がいかにも浅いではないかと諫《いさ》めて、つぎのようにいっている。——武蔵が強く巌流が弱かったという結論には、自分も異存はない。しかしかれらの決闘はそもそも技を較べるところにあったのだから、それは一種のスポーツだと解釈していい。とすれば当然、その闘いにはスポーツ精神が要求される。スポーツ的規律、スポーツ的約束にしたがわなければならない。そのスポーツ精神が武蔵によって裏切られたのである。とうてい許すわけにはいかないではないか。

フェアプレイの精神である。たとえば、アメリカの西部劇映画などによくでてくる決闘の場面がよみがえる。二人の荒くれ男が、一定の距離をおいて拳銃で撃ち合う。銃声が宙空の奥に吸いこまれていったあと、一方が倒れ一方が勝利の笑みを浮かべて立っている。男が二人、命をかけて技を競う。であれば、決闘の舞台はフェアな形で整えられていなければならない。奇襲作戦、からめて攻撃などはもっての外、という思想である。ひょっとすると茂吉は、ハリウッド型西部劇のファンであったのかもしれない。

さて、司馬遼太郎《しばりょうたろう》が好きだった剣客が千葉周作だった。東北は盛岡藩の馬医者のせがれで、北辰一刀流を編みだした。諸国で武者修行をしたあと江戸にのぼり、神田お玉ケ池に道場を開いた。門弟三千人といわれているから凄いものだ。水戸藩主徳川斉昭《とくがわなりあき》の剣術師範もつとめた。幕末屈指の剣客だったといってもいい。

司馬遼太郎が千葉周作を主人公にして小説『北斗の人』を書いたのが昭和四十（一九六五）年のことだった。波瀾《はらん》にとんだその半生を生き生きと描いているが、作者が千葉周作に惚れこんだ理由は、かれの剣が無駄のない合理の剣だったところにある。短時日のうちに技を教え、剣の極意を体得させる点にあったようだ。門弟三千人を抱えることができたのも、おそらくそのためだったのだろう。同じように合理の精神を重んじた宮本武蔵のこころのありかを、それは彷彿させる。

『北斗の人』の巻末近くに、千葉周作の「一夜秘伝」といわれている話がでてくる。

六十をすぎてから周作は病床に臥《ふ》す日が多くなった。死ぬ前年の六十一歳のときだった。ある日の夜、見知らぬ者の訪問をうけた。さる大名の茶坊主で、春斎と名乗った。その者がいうには、今夕、主家の急用で駿河台《するがだい》までくる途中、護持院ケ原《ごじいんがはら》で浪人の辻斬りにあった。春斎は、いま殺されるわけにはまいりませぬと、その辻斬りに命乞いをした。主家の御用の中途なので、殺されてはこの御用がはたせない。きっと、帰路に殺されてさしあげる。しばしの猶予をいただきたいというと、その辻斬りは主家の定紋《じょうもん》を見て、見のがしてくれた。今ようやく用をはたし終えたので、これから護持院ケ原に引き返そうと思う。ただ自分には剣の心得がない。それで立派に斬られるにはどうしたらよいかを教えていただきたいと思って、高名な先生の門をたたいたのである……。

それをきいて周作は感動した。病床から立ちあがったかれは、枕頭《ちんとう》の大刀をとり、すらりと抜いて茶坊主にもたせた。大上段にふりかぶらせ、脚の開き方、呼吸のつかい方、丹田《たんでん》（へその下、腹の奥）の力の入れ方などを手をとって教え、最後に、

「目をつぶるのだ」

といった。そのままの姿勢でいると、やがて体のどこかで冷《ひや》っとする、そのとき刀を打ちおろす、そうすれば、醜くない死に方ができる、と。

そう教えられた春斎は大変喜んで、そのまま約束の場所にとって返した。待ちかまえていた浪人が剣を抜き、正眼につけて迫ってくる。春斎はいわれた通り、上段にふりかぶって目を閉じた。「すでに冥土《めいど》にいると思え」と周作にいわれた通り、かれは生きる執着を去っていた。

四半刻《しはんとき》ばかり、二人はそのまま対峙していたが、ついに浪人は飛びのき、剣をおさめて、

「よほど使える」

と、逃げるように立ち去った。

このとき周作が春斎に伝授したのが、日ごろからいっていた「夢想剣」の極意というものだった。春斎は生きのびるつもりがなかったために、剣士が生涯かかって到達しうる心境に、一瞬で到達したのである。

翌年、千葉周作はこの世を去るが、あとに建てられた墓石には、かれがもっとも好んだ言

葉が刻まれているという。

　それ剣は瞬息
　心気力の一致

剣は一瞬の気合だ、というのであろう。
私ならさしずめ、

　それ剣の道は
　フェアプレイの精神か
　生きる執着を去った無私の精神か

と問うてみたいところだ。
地下の千葉周作と斎藤茂吉のご両人にそうきいてみたいような気がする。

友情の語り方

フェアプレイか無私か、ということでいえば、人間の友情にもこのフェアプレイか無私かといった問題がまつわりついているのではないだろうか。そもそも友情という関係が成立する場合の土台になるようなこころのあり方、といってもいい。

そのテーマについてこんどは山本周五郎《やまもとしゅうごろう》と武者小路実篤《むしゃのこうじさねあつ》のよく知られた小説を題材にして考えてみようと思う。そこには当然のこと、その友情物語を語る語り方の違い、人間関係の配置の仕方にあらわれるリズムの違いがみられるはずだ。そのへんのところにも注意してみていこうと思う。

＊

私は山本周五郎のファンだった。それで長いあいだ、周五郎小説を愛読してきた。そのなかでも忘れがたいのが、『さぶ』という中編小説である。これまでに何度読みふけったかしれない。それでも、『さぶ』を読むたびに新鮮な感動を覚えつづけてきた。そんなことは、あまりないことだった。

『さぶ』という作品には、栄二という目端のきく若い利口な職人がでてくる。そしてもう一人、その栄二に寄り添う日陰者のような姿で登場する青年がいる。仲間のさぶだ。さぶと栄二はいつもいっしょに仕事をしていた。さぶは仕事も遅く性格もおっとりしていて、才能の点ではとても栄二におよばない。見ていてもどかしく、歯がゆくなるような人間である。『さぶ』という作品は、性格も違えば能力にもへだたりのある、まったく異なる二人の若者の物語である。とにかくいっぱしの職人になってはいるのだが、今どきどこにも見出すことができなくなったような、その二人の珍しい青春の物語が展開していく。

小説の書き出しがまた、こころにしみ入るような文章になっている。二人の性格がくっきりと、隈取《くまど》りも鮮やかに切り取られているからだ。

小雨が靄《もや》のようにけぶる夕方、両国橋《りょうごくばし》を西から東へ、さぶが泣きながら渡っていた。双子縞《ふたこじま》の着物に、小倉《こくら》の細い角帯、色の褪《あ》せた黒の前掛をしめ、頭から濡れていた。雨と涙とでぐしょぐしょになった顔を、ときどき手の甲でこするため、眼のまわりや頬が黒く斑《まだら》になっている。ずんぐりした軀つきに、顔もまるく、頭が尖っていた。——彼が橋を渡りきったとき、うしろから栄二が追って来た。こっちは痩《や》せたすばしっこそうな軀つきで、おもながな顔の濃い眉と、小さなひき緊《しま》った唇が、いかにも賢そうな、そしてきかぬ気の強い性質をあらわしているようにみえた。

ずんぐりした体つきのさぶが、小雨のなか、両国橋を泣きながら渡っている。それをうしろから追っていく栄二。こちらは痩せたすばしっこそうな体つきで、ひきしまった顔をしている。しかし二人ともまだ徒弟修業中の身で、人生の荒海へこぎだしたばかり、やがて過酷な運命に翻弄《ほんろう》されていく。

山本周五郎がこの作品に取りかかったのは昭和三十七（一九六二）年の暮れからだった。構想そのものは戦後まもなくできあがっていたが、それから十五、六年経ってから『週刊朝日』に発表された。二人の若者の魂の成長物語は、作者のこころのなかで十分に発酵の時を経たといっていいだろう。

栄二とさぶは芳古堂《ほうこどう》という経師屋《きょうじや》の丁稚《でっち》で、同い年だった。さぶには葛西《かさい》に実家があったが、栄二は身寄りのない孤児。その栄二は男ぶりがよく女にもてて、腕もきく。さぶの方はぐずで要領が悪く、店では糊を作るさえない仕事をやらされている。けれども、いつも陰になり日向《ひなた》になって栄二を支えているのがさぶだった。

そんな二人が、ある金持ちの両替屋の襖《ふすま》の張り替えの仕事に行かされる。ところが、そこで主人が大切にしていた古金襴《こきんらん》の切《きれ》がなくなった。大騒ぎになるが、どうしたわけかそれが栄二の道具袋のなかから見つかり、彼は芳古堂を追い出されてしまう。身に覚えのない栄二は店に怒鳴りこむが、逆に取り押さえられて石川島の人足寄場《よせば》に送られてしまう。

栄二の受難の生活がはじまる。屈辱にまみれた、強制労働の毎日がつづく。親切な言葉をかけてくれる役人や仲間にもそっぽを向き、心配して訪ねてくるさぶにも会おうとしない。それがあんなにも強かったはずの友情の糸がぷつんと切れそうなところまでいってしまう。それがこの小説の前半までのあらすじである。

＊

ここで、一息入れよう。山本周五郎の『さぶ』を読み返すたびに思い出すのが、武者小路実篤の『友情』という作品である。これは作者の代表作の一つといわれるもので、大正八（一九一九）年に『大阪毎日新聞』に連載された。『さぶ』が発表される四十年以上も前のことである。私が『さぶ』を読むたびにこの作品を思い出すといったのは、この作品もまた青春の「友情物語」だからである。中編小説という点でも両者は似ている。中学生のころ、この『友情』を読んでとても感動した記憶があった。いつしか、その二つの作品を比べている自分を見出すようになったのである。つい比較せずにはいられなくなるほど、対照的な性格をもっているように思われたのだ。同じ青春の友情物語でも、これほど違った世界が存在するのかと考え込んでしまうこともしばしばだった。大正時代の友情物語と戦後のそれとの違いなのだろうか。時代が浮き彫りにする人間観の違いが、たまたまそういう形であらわれたということなのだろうか。

『友情』という作品には、野島という主人公がでてくる。二十三歳になったばかりの脚本家であるが、若き日の作者の分身と見られてきた。かれには大学で法律を学んでいる仲田という友人がいるが、その仲田の妹の杉子《すぎこ》に思いを寄せるようになる。冒頭の部分を引いてみよう。

野島が初めて杉子に会ったのは帝劇《ていげき》の二階の正面の廊下《ろうか》だった。野島は脚本家をもって私《ひそ》かに任じてはいたが、芝居《しばい》を見る事は稀《まれ》だった。この日も彼《かれ》は友人に誘われなければ行かなかった。誘われても行かなかったかも知れない。その日は村岡の芝居が演《や》られるので、彼はそれを読んだ時から閉口していたから。然《しか》し友達の仲田に勧められると、ふと行く気になった。それは杉子も一緒《いっしょ》に行くと聞いたので。

彼は杉子に逢《あ》ったことはなかった。しかし写真で一度見たことがあった。それは友達三、四人とうつした十二、三の時の写真だったが、彼はその写真を何気なく何度も何度も見ないわけにゆかなかった。皆《みな》の内で杉子は図ぬけて美しいばかりではなく、清い感じがしていた。

舞台は大正時代の東京、帝劇の芝居に集まる知的な若者たちの姿が登場してくる。文学グループ、芸術サロンの雰囲気が匂い立ってくるような場面である。作者の武者小路がそういう世界で青春を送っていたのだろう。

野島はやがて杉子と結婚することを夢見るようになる。なかなかいいだせず、会うことさえままならない日々がつづく。この野島には親しい友人がいた。小説を書いていて、すでに世間に認められはじめていた大宮である。その大宮に野島は杉子にたいする思いを告白し、相談するようになる。文学を志している点では、野島にとって油断のならないライバルだ。そのかれがすでに文壇で認められていることは野島にとってかならずしも愉快ではないのだが、二人の友情はそんなことで傷つけられることはなかった。それどころか、お互い尊敬し合う間柄だったといっていい。

ちなみに、この大宮のモデルは志賀直哉ではないかといわれている。大宮と野島の友情には、志賀と武者小路の仲が反映しているといっていいだろう。

大宮は野島の恋に同情し、くじけそうになる友の気持をいつも励ましていた。自信を失いかけた野島にとって、それはわずかなこころの慰めになっていたのである。やがて仲田兄妹、その友人たち、そして野島や大宮も交えてトランプ遊びをしたり、ピンポンに打ち興じたりする機会がふえていく。杉子はといえば、すでに文壇で活躍している大宮が書いた小説の、熱心な愛読者になっていた。いつのまにかその大宮の人柄や才能に惹かれていく。

夏休みの季節がやってきた。舞台は鎌倉の避暑地に移る。そこには仲田兄妹の別荘があり、大宮の別荘もあった。野島も大宮の別荘に招かれて、仲間たちの交遊の生活がはじまる。海で泳いだりピンポンをしたり、文学論議を楽しんだりしているうちに、杉子と大宮の気持が野島の知らないあいだに急速に接近していく。杉子のこころが野島のもとを離れ、大宮の方に傾きはじめたのだ。野島のこころに不安の黒い雲が広がっていく。

そんな夏が過ぎていくある日のこと、大宮が突然、西洋に行きたいといいだす。レオナルドやミケルァンゼロやレンブラントの本物が見たくなった。ベートオフェンの音楽もじかに知りたい……。野島はそれを聞いて、こころのなかに巣食いはじめていた疑心暗鬼がうっすらと晴れていくような気分になる。大宮の前途を祝し、杉子のこころがふたたび自分の方に向いてくれることを夢見、期待に胸をふくらませるのだった。

夏が終り、舞台は東京に戻る。九月になり、大宮が西洋に旅立つ。その日、東京駅は雑誌記者や文士などの見送りで華やいでいた。むろん野島や杉子も来ている。切符を切ってつぎつぎと構内に入っていく。そのとき野島は、杉子が誰にも気づかれないところに立ち、じっと大宮を見つめている姿をかいま見ることになる。

＊

友情には破局や挫折がつきものだ。恋愛に別れや絶望の時がやってくるように、友情にもいばらの道が待っている。山本周五郎の『さぶ』でも武者小路実篤の『友情』でも、仲の良い二人の間に亀裂が走り、危機の気配が忍び寄ってくるのはさけられない。

それにしても、『さぶ』にでてくる栄二とさぶの関係と、『友情』に登場する大宮と野島の人間関係に、何と大きな違いがあることか。同じ友情の物語とはいっても、その二つの友情のあり方には天と地ほどの落差があるようにみえる。『さぶ』の方でいえば、栄二がいつも自己を主張し、不当な扱いには強く抗議の声をあげるのにたいして、さぶはほとんど自己を主張することがない。終始黙ったまま栄二のそばに寄り添って立っている。誰に認められるということもなく、静かに栄二への献身的な友情を温めている。それがさぶの天性なのであろう。世間には栄二のように個性の目立つ人間もいれば、さぶのように人の脇やうしろに隠れるように生きている人間もいる。目に見えないところで、いつのまにか他人の支えになっているような生き方をしている人間がかならずいる。

山本周五郎がそういうさぶのような人間に深い共感を寄せていることが、この小説を読んでいるとよくわかる。

先の人足寄場では大規模な護岸工事がおこなわれている。大水が出て地盤がゆるみ、危険が迫っていたからだ。栄二も杭《くい》を埋める仕事をしていたのであるが、突然、石垣が崩れて栄二を押しつぶしてしまう。懸命に栄二の救出にあたる寄場の人びと。――その絶体絶命のがけっぷちに立たされた栄二の口から出たのは、

「助けてくれ、さぶ」

という無意識の叫びだった。この小説のクライマックスといっていい場面だ。栄二とさぶの友情がどういうものであったかを印象深く浮き上がらせたシーンである。――「世の中には

賢い人間と賢くない人間がいる、けれども賢い人間ばかりでも、世の中はうまくいかない……」——作者が他の作中人物にいわせている科白《せりふ》である。

これにたいし、武者小路実篤の『友情』はどうだろう。主人公の野島は友人の大宮とともに「お互《たが》いに偉《えら》くなろうね」といって励まし合い、しのぎを削っている。しかし、野島はその大宮を尊敬し信じてはいるけれども、杉子をめぐって嫉妬《しっと》の気持から自由になれないでいる。才能ある友人にたいする恐れの感情にとらわれている。そして、そういう自分を醜いと思い、利己主義だと考えて自己嫌悪に陥っている。——「自分は自分を偉大《いだい》にする。自分は乞食《こじき》ではない。（杉子の）愛を嘆願《たんがん》はしない。自分を愛することも尊敬することも出来ないものに用はない」と考えている。それが野島のこころの奥底にわだかまっているプライドだった。自意識の過剰に苦しんでいる若者の魂の叫びが聞こえてくるではないか。かれは言葉に出していうように、本当に大宮を尊敬し信じていたのだろうか。自分が本当に偉くなれる人間だと自信をもって考えているのだろうか。野島のか細い自我は動揺しはじめ、しだいに淋しい気分に落ち込んでいくのだった。

決定的な破局がやってくる。西洋にいる大宮から青天の霹靂《へきれき》ともいうべき手紙が届いたからだ。そこには驚くべきことに、杉子から大宮にあてた熱烈な愛の便りと、その愛を受け入れたことを告白する大宮の思いが飾り気なく率直につづられていたのである。そして最後に、こう書きつけられていた。「自分は君に許しを請おうとは思わない。それはあまりに虫がいい。……君は、君らしくこの事実をとってくれるだろう。自分の方は勿論《もちろん》君を尊敬し君にたいして友情を失いはしない……」。いかにも堂々たる宣言ではないか。

野島の予感が的中したのである。親しかった友の裏切り、愛する杉子が友のもとに去っていく喪失感……。それでも野島はその絶望のどん底から必死に立ち直ろうとする。大宮から贈られたベートオフェンの石膏のマスクを庭石に叩きつけ、そして大宮に返事を書く。

僕はもう処女ではない。獅子《しし》だ。傷ついた、孤独な獅子だ。そして吠《ほ》える。君よ、仕事の上で決闘しよう。君の惨酷《ざんこく》な荒療治《あらりょうじ》は僕の決心をかためてくれた。今後も僕は時々淋しいかも知れない。しかし死んでも君達には同情してもらいたくない。僕は一人で耐える。……

まさに個と個がぶつかり合う青春の愛のドラマである。野島は杉子を大宮に奪われはしたけれども、獅子のごとく自分を励まして「偉い人間」になろうとする意志を奮い立たせている。それが、友情に傷ついた人間がふたたび世間に立ち向かっていくときの姿勢であり覚悟なのだろう。武者小路の『友情』には、さぶのような人間はでてくることがない。野島や大宮の性格はどちらかというと栄二のようなタイプに属するといっていいかもしれない。

ところで、もしも『友情』の野島のかたわらに、もう一人さぶのような友人がいたとしたら、かれのこころはどんなにか慰められたことかと、ふと想像してみたくなるときが私にはある。あるいは野島はやがて成長して、さぶのような人間になっていったのだろうか。

第三章　人間、この未知なるもの

子どもの犯罪にどう立ち向かうか

気がかりなことがある。異常な事件がおこったとき、日本の社会がいつのまにか画一的な反応を示すようになったということだ。マスコミの論調はもとより、学校の現場や家庭からも同じようなささやきがもれてくる。世間を騒がせた和歌山のヒ素毒殺事件にしても、容疑者がつかまった段階で、あいもかわらぬ異口同音の反応があらわれた。

神戸で、あのいまわしい連続児童殺傷事件があかるみにでたときだった。容疑者の少年がつかまった時点で、いっせいに議論の火の手があがった。その先導の役割をはたしたのが新聞の社説や論説だったことが思い出される。

まず、そのような異常事件が発生した社会的背景を明らかにせよ、という声があがった。それはそれで当然な疑問であり要求であった。何らかの原因が社会の内部にひそんでいるにちがいない。誰でもそう考える。

それとほとんど同時に発せられたのが、容疑者の心理的動機を照らしださなければならないという意見だった。いつでもわれわれの念頭に浮かぶ考えであるといっていい。人間の行動には正常、異常を問わず、多くの場合動機が横たわっている。動機なき殺人が存在するものなのか否か、その根本のところを棚にあげたまま、心理的背景は何であったのかを問う。とにかくわれわれの動機主義にはきわめて根づよいものがある。

そんなわけで、社会学者や心理学者の発言が社会的に大きくとりあげられるようになった。社会的背景、心理的動機という言葉には、さぞかし客観的で科学的な裏づけがあるにちがいないと、われわれの側もひそかに期待を寄せている。

が、容疑者の取調べがすすむにつれて、状況がすこしずつ変化していった。その「自白」が常識を覆すような幻想と非合理にみたされ、容易には社会的背景や心理的動機を浮かびあがらせることができなくなったからだ。そこから、第三の見解が自然発生的に表明されるようになった。少年容疑者の精神病理的な原因を追求すべきではないか、と。精神異常あるいは性格異常によってひきおこされた事件である、という視点である。

こうして精神医学者が登場する。その発言がマスコミに大きく報道され、人びとに衝撃を与える。やがて、その異常な精神を科学的に分析したと称する診断書がかかれた。異常者のこころのあり方を客観的に推理する処方箋がわれわれの手もとにとどけられることになった。その診断書と処方箋にもとづいて、あの容疑者は医療少年院送りとなったのである。その処置に異議をさしはさむものはほとんどいなかったということに注意しよう。はたしてころの客観的で科学的な診断などできるのか、という疑問を抱きながら、私もまた容疑者が少年院に送致される光景を黙って見送るほかはなかったのである。

われわれの社会に異常な事件が発生したとき、われわれはまずその社会的背景は、と反応する。誰でも考える第一テーマであるが、いってみれば問題の根元を社会学的に還元しようとする習性である。ついで心理的な原因追求という第二テーマにすすむ。心理学的還元といっていいだろう。ところがこの第一、第二テーマの有効性がぐらつきはじめると、こんどは第三テーマの精神病理学的還元の方法がくりだされる。

三種還元、である。戦後五十年のあいだ社会に異常な事件が発生するたびに、われわれはこの三種還元の方法によって事態の解明をめざそうとし、その診断にもとづいて人間の異常行動を理解しようとしてきた。しかし、はたしてそれでよかったのだろうか。三種還元によって、人間の存在の意味をはたして十分につかむことができたのだろうか。

むろん私は、社会学的還元や心理学的還元それ自体がいけないなどといっているのではない。いうまでもないことだが、私もまたこれまで社会学や心理学の成果からじつに多くのことを学んできたからだ。同じように精神医学の知識によってどれほど蒙《もう》をひらかれてきたかしれない。

ただ私がここで危惧するのは、その三種還元の方法の背後に横たわっている、ある信念体系のようなものの存在についてである。それをひと言でいえば、人間の異常行動はその社会的背景、心理的動機、精神病理的因果を究明することによって全体として理解可能になる、という人間観についてである。社会科学重視の傲慢《ごうまん》な人間理解といってもいい。そしてよくよく考えてみると、それがわが国の戦後五十年におよぶ教育制度のなかで、つねに強調されつづけてきた人間理解のモデルであったことに気づかされる。

しかし人間は、そのような三種還元の方法によって理解可能となるような存在なのだろうか。ひとたびその疑問をわが胸にあてれば、誰しもたじろぐような思いにとらわれることになるのではないだろうか。そのとき、「人間、この未知なるもの」という言葉がどこからともなくきこえてくるはずだ。人間は大きな闇を抱えた存在だという認識が、その不気味なメッセージにはこだましている。

人間とはそもそもこのような未知なる社会的生物だったからこそ、何千年も前から哲学がその困難な問題と四つに取り組んできたのだ。そして宗教がそれこそ人類の発生と同時にその闇の世界にむかって根元的な問いを発しつづけてきたのである。しかし今日、残念ながらその哲学と宗教の凋落《ちょうらく》がいちじるしい。哲学の本質的な問い、宗教の根元的な問いが、右にのべてきたような三種還元の大波にのみこまれて、その膝下《しっか》にほとんどひれ伏してしまっているからである。

三種還元の思考が傲慢な人間観であるのは、そこに人間の存在にたいする怖《おそ》れの感覚が欠落しているからである。すくなくともそれがきわめて稀薄になっている。人間、この未知なるもの、というメッセージにたいする謙虚な姿勢が欠けているのである。

ついにわれわれの社会はここまできてしまったのかという感が深い。われわれは今後も、この三種還元のものの考え方とあいかわらずつき合っていこうとしているのだろうか。その思考の習性から脱却しようとする気配がいまだにどこからもみえてこないように思われるのだが、はたしてどうであろうか。

放っておくと、子どもは野性化する！

近年の少年たちによる凶悪犯罪にふれて思い出すのが、ウィリアム・ゴールディングの『蝿《はえ》の王』という小説である。

ゴールディングはイギリス生まれで、オックスフォード大学を出て芝居の世界に入った。第二次世界大戦ではロケット砲艇の艇長として、ノルマンディー上陸作戦に参加した。戦後、グラマー・スクールの教師をしながら、一九五四年に『蝿の王』を書いた。

この作品は、欧米の読者とりわけ若い世代のあいだに異様な衝撃を与えたことで知られる。以後作者はつぎつぎと話題作を出して、一九八三年にはノーベル文学賞を受賞している。

この『蝿の王』の話の筋がまたわれわれの胆を冷やす。主人公が南太平洋の無人島に置き去りにされた少年たちで、その殺し合いの残酷な物語だからだ。仲間割れと内部抗争から、かれらは凄惨な闘争へとかりたてられていく。こうして野性にめざめた少年たちは、ついに殺し合いの破局を迎える。

作品の構成は、たしかに「寓話」仕立てにはなっている。しかしそのペシミスティックな色調に彩られた物語の展開は、現代の黙示録として不気味な光を発しているといっていいだろう。とりわけ昨今の事件をみせつけられていて、その感を深くする。

一九八七年のことになるが、私はたまたま英字紙『サンデイ・ステイツマン』の特集記事を目にし、そこでウィリアム・ゴールディングが人間の根元的な悪について語っているインタビュー記事を読んだ。キリスト教的な原罪にあたる言葉として、とくに「根元悪」の問題をとりあげ、そのことに注意を喚起していたのが印象にのこる。だが私がさらに衝撃をうけたのは、話がもうすこし先に進んでからであった。

ややあって、インタビュアーがゴールディングにむかって、『蝿の王』にでてくる少年たちにあなたの教師時代の経験が投影されているだろうかときいた。そのときゴールディングはつぎのように答えているのである。

その一部は、むろん私自身の少年時代の体験からきている。そして同時に一部は、いうまでもなく私の教師経験がそこに反映している。最近になって、私の教師経験や個人体験をまざまざと思いおこさせてくれるような、ある有名なアメリカ人精神科医による実験を知らされた。精神科医の名はアントニー・ストールである。それはこういうものだった。

まず一定数の少年を二つのグループに分け、自由気ままに行動できる状態にしておく。そしてたがいに敵対関係のなかに突き放したままにしておくと、いったい何がおこるかという実験だった。その結果は、土壇場のところでまさに殺し合いがはじまろうとしたのである。実験者は、一触即発の危機を回避するために、あわてて介入せざるをえなかった。

ゴールディングの口ぶりからは、このような実験がおこなえるとはさすがアメリカだ、という詠嘆にも似た吐息がもれていたが、『蝿の王』で描きだそうとした世界がまさにそうした「実験室」の出来事だったのだ、とはっきりいい切っている。少年たちは、ひとたび野性状態につきおとされるや、自然に殺し合いをはじめるという、この怖るべき洞察は、何も現代のペシミスティックな作家であるゴールディングだけのものではなかった。世紀末の不安を診断したドストエフスキーのものでもあっただろう。なぜならたとえばかれの『カラマーゾフの兄弟』などの作品には、子どもたちの残虐性についての話がたびたび登場してくるからである。

少年たちにおける獣性や残虐性は、むろん人間の根元悪を照らしだす原形質のようなものなのだろう。かれらは野放しにされるとき、いつのまにか野性化していく。そのきわめて根元的で単純な事実をアメリカの精神科医が、われわれにはできそうもない型破りな実験によって明らかにしたのである。

一九九五年の初夏のころである。私はたまたま司馬遼太郎さんと対談する機会に恵まれ、「宗教と日本人」というテーマでお話をうかがうことができた。ちょうどこの年の三月にオウム真理教による地下鉄サリン事件が発生し、それをうけての対談だった。

そのときの司馬さんの話でもっとも印象にのこったのが、宗教というのは本来、人間を飼い慣らすための装置だったのです、という発言だった。人間は放ったらかしにされるとき、かならずや野性化し、獣性をむきだしにするという認識が、その発言の背後にはあり、それを回避するために宗教という文化装置が生みだされたのだといわれたのである。私はなるほどと、うなずいた。そう思わないわけにはいかなかったからである。

そのとき同時に、私の念頭によみがえったことがあった。それは、人類が発明した人間の飼い慣らし装置には、宗教のほかにもまだあるだろうということである。オリンピックに代表されるスポーツもそうであろうし、軍隊組織などもあげられるだろう。それらはいずれも、人間の野性化するエネルギーを軌道修正したり昇華するのに大きな役割をはたしてきたからである。さらに、どの文化圏にもみられる人生儀礼なども見落とすことができない。とくに、一人前の社会人になるために課せられる試練と禁欲の生活が、数ある人生儀礼のなかでもっとも重視されてきた。わが国の例でいえば、それが若者宿の制度だったのではないだろうか。

しかしそのなかでももっとも普遍的で重要な人間の飼い慣らし装置が「学校」というものではなかったかと、私は思うのである。学校こそは、思春期に達した子どもたちを家庭という温床から引き離して調教し、まったく異なった価値観と人生観をいわば強制的に植えつける場だったからである。人間を根本的に飼い慣らすという明確な目的をもっていた点で、学校はまさに宗教と匹敵する権威をもっていたといっていいだろう。東西を問わず、学校という制度が神学校や学林そして寺子屋のような宗教施設と切っても切れない関係のもとに発展してきたことを思いおこすだけでよい。

このように考えてくるとき、人間の飼い慣らし装置としての学校や宗教の目的の第一が、まずもって子どもたちをそのなま暖かい家庭から引き離し奪い去ることであったということがわかるであろう。人間の根本的な飼い慣らしの教育は、そもそも家庭では不可能だという認識がそこにはあったのではないだろうか。

犠牲と奉仕

子どもは放っておくと野性化する。それを抑制したりコントロールするために、どうしたらよいのか。油断すると野性化するかもしれない子どもたちに、どのようにしたら「こころの作法」を植えつけることができるのか。それが当面の問題であった。それについて、つぎに犠牲と奉仕のテーマをとりあげて考えてみることにしよう。

ワシントンに行ったときのことである。お上りさんよろしくリンカーン記念堂を見物にでかけた。写真や教科書で見なれていた大きなリンカーンの大理石像が、群《むら》がり寄る観光客たちの頭上にそびえていた。

人びとのあとにくっついて、その記念堂の階段をのぼっていった。見上げるばかりのリンカーンの姿が眼前に迫ってくる。アメリカ人にとっての英雄なのであろうが、そのとき私の念頭によみがえったのが奈良の大仏だった。東大寺の大仏殿にそびえる巨大仏である。そういえば記念堂自体も建て方といい、列柱の配し方といいギリシャのパルテノン神殿を模しているではないか。その上、リンカーン像も大仏もともに座像の姿で安置されている。もっともその座像全体の高さは九メートルほどで、大仏の方がやや高い。奈良の大仏は聖武《しょうむ》天皇（在位七二四〜七四九年）時代の国家の象徴だったが、リンカーン像も南北戦争（一八六一

〜一八六五年）をたたかい抜いたあとの合衆国の誇るべきシンボルだった。

その座像の背後に廻り、そこに刻まれている言葉に私の目は吸い寄せられた。思いもかけない文字が書きつけられていたからだ。ここにリンカーンを「神として祀《まつ》る」（enshrine）とあったのである。神殿に神の一人として祀る、ということである。そこは記念堂であると同時に神殿でもあったのだ。東大寺の大仏殿に大仏が祀られているように、伊勢神宮に天照《あまてらす》大神《おおみかみ》が祀られているように、その大理石づくりの合衆国神殿にリンカーンが神として、あるいは神のごとく祀られていたのである。

私はそのとき、第十六代の大統領に寄せる合衆国人の熱い想いが直接こちらに伝わってくるような気分に襲われた。奴隷解放の旗を掲げ、やがて暗殺された悲運の大統領にたいする、アメリカ人たちの無念の想いがそこにこだましているようだった。

しばらくそこにたたずんで周囲を見廻していたが、ふと、正面に向かって左側の壁に視線をやったとき、記憶の奥底に刻まれていた言葉が目のなかにとびこんできた。「人民の、人民による、人民のための政府」という言葉である。一つ一つが、じつに大きな文字だ。リンカーンの肉声があたかもその壁面にはりついたといったように、大きな文字のつらなりが躍ってみえた。

戦後になってから私は、この「人民の、人民による、人民のための政府」という言葉をどれほどきかされたことであろう。敗戦のとき私は旧制中学二年生であったが、それ以来デモクラシーという思想が、この「人民の、人民による、人民のための政府」というスローガンと表裏一体のものとして消しがたい知識の一つとなったのである。そしてそれはおそらく私だけの経験ではなかった。

いうまでもなく、リンカーンの「ゲティスバーグ演説」として知られるものだった。その全文が壁面を覆うように刻まれている。ふつうに読み下せば五分とはかからない短い文章である。それが大きな文字で四十六行にわたって、壁一面に刻まれていたのである。ゲティスバーグは、南北戦争最大の激戦地だったところだ。戦後そこに国立墓地がつくられることになったが、そのときの除幕式でおこなったのがこの短い短い演説だった。

私は下から上に視線を移していった。何の気なしに一つ一つの言葉をたどっていったのだったが、そこに「献身」(devotion, dedicate) を意味する言葉が八回もでてくることに驚かされた。そこには南北戦争をたたかった多くの犠牲者のことが語られていた。新しい国家をつくるために献身した人びとの精神が称えられていた。数知れない戦死者たちの血と涙の犠牲を記憶しつづけようという決意が表明されていたのだ。その献身と犠牲のつみ重ねによって打ち建てられた国家の運命をさらに神の手にゆだねようと決意をのべ、最後に「人民の、人民による、人民のための政府」を地上から絶滅させないことを誓って、演説をしめくくっているのである。

私はリンカーンの「ゲティスバーグ演説」の主題がじつは犠牲と献身をめぐるものである

ことを、そのときはじめて知って胸をつかれた。新しい自由な国家をつくるためには犠牲と献身の精神が不可欠であることを、かれが情熱をこめて説いていることをそのときまったく唐突に知らされたのだった。「人民の、人民による、人民のための政府」は、その結果としてもたらされるものだったのだ。そのリンカーンもこの演説をおこなった二年後に暗殺される。かれもまた新しい「政府」のために身命を捧げたのである。

*

周知のように、わが国ではこのところ「奉仕」ということが教育改革との関連で社会的な話題になっている。首相の諮問機関である「教育改革国民会議」で議論されているなかからでてきた問題である。私もまたそのメンバーの一員であるところから、多大の関心をもってその討議に加わってきた。青少年の教育課程で「奉仕」義務を課そうというもので、たとえば小中学校では二週間、高校では一ヵ月間を奉仕活動の期間として設定する、といったような提案がだされている。こんごこの問題がどのような推移をたどって実現されるのか予断を許さないが、私は賛成の立場で討議に参加してきた。

ところがこの奉仕義務の提案がマスコミに報道されると、予想されたようににわかに賛否両論がまきおこった。むしろ私の感触では、反対意見の方がまさっていたのではないだろうか。その反対意見では一つ一つもっともな理由がのべられていた。そもそも奉仕を義務づけるのは教育の放棄である。また、かつてのファシズム体制を思いおこさせるというのもあった。奉仕活動は個の自立があってはじめて意味のあるものになるだろう。奉仕はけっして強制されるべきものではない、などなど。

これらの反対意見にたいして、真っ向から反論することはたしかに難しいだろう。たとえ反論できたとしても、納得してもらうところまではなかなかいかないだろう。つい考えこんでしまうのであるが、そんなとき私の脳裡によみがえるのがさきのリンカーンの「ゲティスバーグ演説」である。そこに盛られていたはずの犠牲と献身の主題をどこかに置き去りにしたまま、「人民の、人民による、人民のための政府」のことばかりを記憶にとどめてきた、戦後における自分の半生についてなのである。

全身運動と数学的1

人間、この未知なるもの、ということでいえば、数学者・岡潔《おかきよし》のことが忘れられない。かれは人間のこころの働きが子どもの成長過程とどのような関係にあるかについて、深い洞察をめぐらしていた。たとえば数学上の1を、子どもたちはどの段階で発見するのか、といった問題である。それは、子どもたちの野性化をどう食いとめたらよいかという事柄を考える上でも参考になるにちがいない。

*

昭和四十（一九六五）年のことだった。数学者の岡潔と文芸評論家の小林秀雄《こばやしひでお》が『新潮』で対談をしたことがある。そのような珍しい出会いがなぜ実現したのかについては略するが、そこで発言している岡潔の言葉がじつに含蓄《がんちく》に富み、生き生きしていたことを覚えている。

岡さんはもともと、数学者にありがちな奇矯な行動で知られていた。たとえば、こんなことをいう人だった。――自分は数学上の発見をするとき、こころの内に不思議な働きのしるしを感ずる。神秘的な直観の働きである。そのような経験と数学上の発見とのあいだに、いったいどのような関係があるのか、そのことをずっと考えている……。

面白いことをいう人だと、私はかねてから畏敬《いけい》の念をこめて思っていた。なるほど、それはそうだろう。そこには、何か重大な秘密が隠されているにちがいないと思うようになったのである。その岡潔が小林秀雄との対談のなかで、数学上の1を人間はいったいいつ発見するのだろうか、という問いをもちだしていた。それが何とも意表をつく話に展開していった。

誕生まもない赤ん坊の動きをじっと凝視《みつ》めることから、岡さんの実験観察がはじまる。細かいことは省くが、赤ん坊は生まれてから十八ヵ月目ぐらいになったとき、にわかに全身的な運動をはじめるのだという。そのときが1の発見の瞬間ではないか。赤ん坊は全身的な運動をはじめたとき、からだ全体で1というイメージをつかむのだということだろう。全身運動と1という観念の相関である。全身を動かしているうちに1を体得する。それはまさに、神秘的ともいうべき生命の働きではないか。美しい直観の働きではないか。

もっとも、岡さんの話のそのくだりにふれたとき、私の頭にはもう一つの別の感想が浮かんでいた。赤ん坊は全身運動をはじめたとき、たんに数学上の1を発見するだけではないだろう。それと同時に、「全体」も発見しているのではないか。自己（＝1）と宇宙（＝全体）を同時に体得したのではないか。

生まれてまもない赤ん坊をじっと観察しつづけ、十八ヵ月目になってハッと膝を叩く岡さんの、歓喜にみちあふれた姿が思い浮かぶ。子どものような老数学者の無心の姿だ。直観の海にひたっている科学者の、自在な風格である。

＊

それからしばらく経ってからだった。必要に迫られて、ヘレン・ケラーの伝記を調べていた。見ることができない、聞くこともできない、話すこともできない、そういう三重苦につきおとされた少女が、いったいどうして言葉の輝きを手にすることができたのか、その苦難の道程が知りたかったのである。

あのサリヴァンが家庭教師としてやってきたとき、ヘレンは七歳だった。サリヴァン先生は二十一歳。ヘレンの闇の世界に光を射し入れるための試行錯誤が、二人三脚ではじまる。そして、決定的な瞬間が訪れる。サリヴァンがヘレンの手に、井戸からくみあげた冷たい水を触れさせ、もう一方の掌に「W－a－t－e－r」と綴ったときである。世の中のすべてのものに名前があると、ヘレンがはっきり意識した瞬間だった。

なぜ、そんな奇蹟のようなことがおこったのか。たんなる偶然の出来事だったのだろうか。それともそこに神の手が働いたのだろうか。サリヴァン先生の直観にヘレンの生命が鋭く反応したためであろうか。

やがて私は、ヘレンがその視力、聴力、そして話す能力を一挙に失ったのが、生後十九ヵ月のとき熱病にかかったためであるという事実を知らされた。その箇所に、私の目が釘づけになった。何と、「生後十九ヵ月」！　そのとき、さきの岡潔の仮説がいつのまにか眼前に浮上していたことはいうまでもない。

もしもそうであるとすれば、ヘレンはすでに数学上の1を手にしていたのである。それと同時にかの女は、生命的な「全体」をも体得していたということになるだろう。岡さんのいう生後「十八ヵ月」と、ヘレンが視・聴・話の能力を一挙に失った「十九ヵ月」が、私の脳中で火花を散らしはじめたのである。全身運動をはじめる「十八ヵ月」の赤ん坊と、視・聴・話の能力を失った「十九ヵ月」の赤ん坊とのあいだに横たわっているかもしれない、生命の断絶と連続の秘密である。それについてわれわれの「科学」ははたして何ごとかをいいうるのだろうか。

岡潔の発想からすると、数学的1のまわりには、未知の世界がどこまでもひろがっているようだ。その闇の奥の方から知恵のある微生物のようなものが何かをささやきかけてくる。その波動をわれわれは、自分たちの内部のアンテナにとらえることができないでいる。だが岡さんの耳はそのささやきの声を、どうもとらえていたようだ。岡潔のいう数学的直観はその微生物の自由闊達《かったつ》な振舞いに鋭い触覚をのばしていた。私の目には岡潔が、「科学」の外側にブヨブヨとひろがる未知の空間を何とか「科学」の内側にとりこもう、惹きつけようとしていた「科学者」のようにみえてしかたがない。もっとも、数学というものが「科学」の戦列についていているものと仮定した上での話ではあるのだが……。

いや、岡潔のいう数学的1はけっして本来の「科学」の庭で観察されるような命題なのではない。それはむしろ、「科学」という花園に咲くたんなる幻想《イメージ》ではないか、と反論する人がいるかもしれない。あいかわらず伝統的な「科学」の領分を固守したいと願う人びとの抗議である。「科学」は「哲学」とも「宗教」とも一線を画していなければならない、と主張する原理主義者の抗弁である。

むろん、そのような抗議、反論の気持もわからないではない。厳密なる科学の立場からすれば、そういうほかはない事柄なのだろう。しかしながらそろそろ時代は、これまでの「科学」の外側にひろがっていた巨大な空間を、当の「科学」にとりこむような、新しい「科学」の領分を設定しなければならないところにきているのではないだろうか。最近流行の言葉を使ってやや軽薄にいえば、規制緩和された「科学」である。

素人の耳学問であることを承知でいえば、生命の現象について「遺伝子」の世界が微細に明らかにされてきたのにたいし、「脳」の働きについての研究の方は遅れに遅れているのだという。その両者の研究上の落差は、これからさき五十年や百年ではとうてい埋められそうにない、ともいう。もしもそうであるとするならば、その「遺伝子」研究と「脳」研究の落差のあいだからこそ、生命そのものの不可思議な働きと美しい神秘の世界がみえてくるのではないか。

これまでの保守的な「科学」の立場からすれば、「遺伝子」の領分と「脳」の領分だけを全体から切り離して、そこにだけ「科学」の世界が存在するのだといいたいのであろう。けれどもこれからの「科学」はそういう窮屈な自己限定の枠をとりはらって、もっと自由な道にすすみでていってもいいのではないか。「脳」と「遺伝子」のあいだにひろがる神秘の輝き、生命の不思議な美しさの前に謙虚にひざまずき、新しい科学の誕生をめざして、パラダイム転換の道を歩きはじめてもいいのではないだろうか。

もしもそれがかなうならば、泉下に眠る岡潔さんも思わず全身運動をおこして、数学的1のため万歳三唱することだろう。

第四章　私の死の作法

どのように死ぬべきか

生きのびるために他人の臓器を必要とする人がいる。死んだあと、自分の臓器をあげてもいいと思っている人がいる。その二人の間をとりもついろいろな縁があって、臓器提供がおこなわれる。現に、わが国でもそれがおこなわれてきた。

それはそれでよい。そのこと自体に反対する立場に、私はない。それがいかに美談の額縁のなかで語られようと、偽善の臭気をまき散らしながら語られていようと、私には直接の関係はない。デパートにいってほしいものがあれば、誰でも買いたいと思う。そのニーズなるものに応じて売る側も、ガラスのケースのなかにいろいろな品をそろえる。売る人がいれば買う人がいる。当たり前の話である。そのかぎりでは、脳死・臓器移植という発明も市場を活気づける技術革新だったわけである。

私が脳死とか臓器移植とかいう言葉を聞きはじめてから考えてきたことは、そのようなことではなかった。脳死とか臓器移植とかいう言葉の断片は、海のかなたから聞こえてくる潮《しお》騒《さい》のようなノイズでしかなかったといってよい。そんなときいつも私の脳髄に浮かんでは消え、消えては浮かんでいたのが、いざ死を迎えたとき、いったいどのようにして死んでいったらよいのか、ということばかりであった。思考のエネルギーは、ほとんどそれだけに費やされていたような気がする。

トシのせいなのだろう。私はもう臓器を人様に提供できるようなからだではない。私の内臓はどこも老化し、傷だらけで、おそらくいたるところ機能不全に陥っている。そんな人間が、万が一ドナーカードに臓器提供の意思を書き入れたところで、お笑い種《ぐさ》でしかないだろう。それが常識人の感覚というものだ。

私はこれまでの生涯で、二度からだにメスを入れてもらった。壊《え》死《し》したり機能不全に陥った臓器を切り取ってもらうためだった。はじめは三十代のとき、十二指腸潰瘍《かいよう》で患部と胃の三分の二を切除した。二度目は六十代の半ば、胆石の摘出のため胆のうを切りはらった。そのほか、喘息《ぜんそく》、ヘルペス、C型肝炎、急性膵臓《すいぞう》炎、吐血下血などで入退院をくり返した。

今日、私がこうして生きのびることができたのは、ひとえに現代医学のおかげである。その恩恵を蒙らなかったら、私はとうの昔に死んでいる。だから私はいつも、現代の医学と医師に足を向けては寝られないと思っている。本気でそう思っている。数多くの医師たちによって命を助けられてきたのだ。その恩を忘れるわけにはいかない。

＊

しかし、脳死・臓器移植のことが世間で話題になったときばかりは、違った。そのとき私は、現代医学によって生命を助けられたことを一瞬忘失した。医師たちからもらった数知れない恩恵を宙空に放りだしたくなった。私が最初に反応したのは、生理的嫌悪だった。それは理屈をこえていた。人間のいちばん大切なところに毛むくじゃらの手がのびてくるようなイメージだった。脳死という名の観念遊戯が臓器移植の技術と並んで語られるようになったとき、その毛むくじゃらの手の正体を突然眼前につきつけられたような気分になった。

許せぬ、と思った。死の作法が、それによってとどめを刺されるだろうと直覚したからだ。世代をこえて継承されてきた死の作法という、それこそ人間の「尊厳」にとってもっとも欠かすことのできない伝統が、しだいに空中分解していくだろうと思わないわけにはいかなかった。

たとえば、脳死判定などという法的・医学的手続きがある。その手続きが厳密におこなわれているとき、家族はどこで、なにをしているのか。なにができるのか。どのような時間を過ごし、どのような場所で死にゆく者を看取るのか。そういう重大な問題がまったく等閑にふされている。それがまるっきり闇に包まれている。ほとんど議論さえなされていない。それにかわって聞こえてくるのは、遺族（家族）のプライバシーとか、それを報道する側の公共性とかいう耳ざわりな言葉ばかりである。それらの軽薄な言葉は、死にゆく者、死者を看取る者の心中に土足で踏み入る舌たらずな観念語としか、私には見えない。

現代の無常物語

いつまで、そんな騒々しい言葉をありがたがっているのか。というのもそれらの観念語には、死の作法というものにたいする鋭い触覚がすこしも働いていないからだ。死の作法という、人間存在にとって最重要の課題にたいする関心が何一つ見られないからである。

死の作法ということで私がまず想起するのは、古めかしいことである。今日ではすでに歴史の塵《ちり》に埋もれてしまっているような昔話である。いまさら伝統というのも面映《おもは》ゆいような物語だ。しかしそれをいわなければ、ここでの話は始まらない。

周知のことだが、『平家物語』に、源《みなもとの》頼政《よりまさ》の最期の場面がでてくる。切腹のシーンだ。かれは自分の死を目前にして、「臓器」の終焉を覚悟した。「脳死」を待たずに、遺言をのこした。「心臓」の再生を願うかわりに、死の作法の継承を願い、そのモデルを後世にのこした。それははるか後世の人びとに生きる勇気を与え、感動を与えた。人間いかに生き、いかに死ぬかの作法を、世紀をこえて後の世に伝えた。

源頼政は平安末期に活躍した源氏の武将である。歌人としても名が高かった。治承四（一一八〇）年、以仁王《もちひとおう》を奉じて平氏打倒の挙兵に参加したが、敗れて宇治川のほとりで自刃《じじん》した。かれの遺詠はつぎのようなものだった。

埋れ木の花さくこともなかりしに
　身のなる果てぞ悲しかりける

自分の一生は花の咲かない失意の連続だった。ついに花の咲くことのない埋れ木のごとき生涯だった。そのままこの世を去るしかないのであるが、それがとても悲しい……。さびしい歌である。悲痛な述懐である。しかしかれはそのときの自分の気持をすこしも偽らずに、正直に語っている。そこに、死を覚悟した者の潔さが匂い立っている。自分の一生をそのように要約することで、こころに静かな安らぎがよみがえっている。

その直前かれは、西方に向き直って念仏を唱えはじめた。天空にもとどけとばかりの高い声で、十遍の念仏を唱えはじめた。なぜ低い声で唱える念仏ではなく、高唱の念仏だったのか。よくはわからない。頼政の胸のうちを聞いてみなければ、本当のところはわからないだろう。しかし私は、そのとき敵味方の軍勢は戦いの手をしばしやすめて、死にゆく者の最期の声に耳を澄ませていたのではないかと思う。死にゆく者に対する礼譲が、そのような形で戦場を支配したのであったと思う。その礼譲に発する一時的な平和休戦である。

＊

頼政の死の作法はすでに忘却のかなたに追いやられているが、それを今日の脳死・臓器移植の現場で再現しようとすると、いったいどういう光景が見えてくるだろうか。せいぜい、ドナーカードなるものに臓器提供の意思を書き入れるときがポイントになるぐらいだろう。しかしそんな行為がはたして死の作法なのか。善意という美名のもと、たんにマークシートにマルバツの印をつけるだけではないのか。自分の死後の遺体の後始末を、火葬にするか土葬にするか、散骨にするか献体にするかを指示するのと、いったいどれほどの違いがあるというのだろうか。

受験競争時代の習癖が、臓器提供の意思表示に適用された話にすぎないのである。財産分与の遺言が死の作法とはなんの関係もないように、ドナーカード式の遺言も、また死の作法の原点からは無限にかけ離れているとしかいいようがない。そういう観点からすれば、臓器提供の善意のカードなどというものは、しょせん吹けば飛ぶような紙切れにすぎない。

もっとも今日、デス・エデュケーションという言葉がある。死の教育、ということなのだそうだ。死が病院に囲いこまれてしまった結果、家庭で家族とともに死をみつめる機会がどんどん失われてしまった。病院死が増加するにつれて、家族のなかの死、日常的に接触可能な死の実体が隠蔽《いんぺい》されるようになった。そのため、これからの若い世代には死の教育が必要だという議論である。小学生などの段階から死とはなにかを「教」える。死にゆく者のそば近くにつれていって死を「体験」させる。そのような思想に立って死の教育の必要性が説かれてきた。

一見もっともな話である。しかし本当にそういうことなのだろうか。それはたんなる観念的な理想論にすぎないのではないか。そもそも「死」を教育することなどできるのか。私は小学生のころ、八十をすぎた祖父が家のなかでしだいに老衰し、倒れ、そして苦し気に息をしている姿を見ていた。そのとき私が感じつづけていたのは、生きているものが衰弱し、腐臭を発し、やがて枯死していくということだけであって、死とはなにか、人間の死とはなにか、ということではなかった。祖父もまた、ほとんど猫や犬のような小動物が死んでいくように死んでいくと思っていた。人間の尊厳などといった観念が頭に浮かぶはずもなかった。祖父の死をただ、動物の生理的な死でもあるかのように眺めていたのである。

*

なぜ、そうだったのか。いまにして思えば、私はそこに、祖父の「死の作法」を見ることも感じることもできなかったためではないかと怪しむ。その場面でいちばん大切だと思われることが、小学生の私の目には見えていなかった。もっとも、祖父には祖父なりの死に方があったのだろう。死の作法といったものがなかったわけではないだろうとも思う。口のなかで人知れず念仏を唱えていたかもしれない。自分の一生の意味を、なんらかの形で身近にいのこしていたかもしれない。しかしそれは家族の誰の目にも明らかな形で、そのような作法としては見えてはいなかった。昭和十年代のわが家族生活のなかにおいても、死の作法の伝統はすでに薄明のかなたに消えつつあったというほかはない。いま私はそのことを、痛恨の思いをこめて認めるほかはない。その伝統がここにきて、脳死・臓器移植の浸透により完全に息の根をとめられようとしているのである。

死の作法なき死は、もはや大往生などではないだろう。死の作法なき死は、本質的に、猫や犬の死となんら異なるところのない死だ。したがってあとにのこされた遺体も、たんなる猫や犬の死体と同じような生ゴミにすぎないといってもいい。もっとも、このような認識がじつは仏教でいう無常の考えに根本的に通ずるものであることに気づく。人間にはそもそも猫や犬などと異なる特権など付与されてはいない、という思想である。人間は石ころのように、犬猫のように死んでいく、そういう教えである。人間同士が平等だ、というのではない。猫や犬と人間が平等だということだ。石ころと同じように平等だということである。

そういえばこのような考え方は、移植医療の現場においても見られないわけではない。なぜなら今日の臓器移植の水準は各種の人工臓器が開発されるまでの過渡的な医療だという考え方があるからである。すなわち、人間の臓器を豚や猿などの臓器によって代替させることができるようになるかもしれないと予想されているからである。動物の臓器を移植するのも人間の臓器を移植するのも同じであるという思想である。人間の死にのみのこされていた死の作法という観念を最終的に扼殺《やくさつ》する思想といっていいだろう。

こう考えてくれば、死んだあとの豚や猿の臓器が一片の生ゴミとなるように、死の作法をのこさずして死んでいった人間の臓器も一片の生ゴミになるにすぎない。問題なのは、その生ゴミをどのようにして再生し再利用するかという話である。これもまた、現代によみがえった無常物語の一つであるといえないこともないだろう。

臓器移植ははたして布施の精神の発露か

話は変るが、もう一つ、こういう議論がある。——仏教にはそもそも布施《ふせ》の教えというものがあった。自分を犠牲にして他人を助ける布施の伝統である。されば、臓器移植も犠牲によって新しい生命をよみがえらせる手段であるのだから、布施の精神の発露として認めるべきではないか——ざっとそのような議論である。

脳死・臓器移植というのは西欧近代が生みだした最先端の医療技術であるが、その精神は東洋の仏教思想のなかにも共通に見られるものだという考え方である。仏教では布施はダーナといい、衣食などの物資（財施）や精神的な糧《かて》（法施）を与える行為とされてきた。その考え方を徹底させれば、当然、自分のからだを犠牲にして他人にほどこすところまでいく。他人の幸福のために「臓器」をさしだすというところまでいく。

一見もっともな話のように見える。しかし私はそうは思わない。仏教の布施の精神を脳死・臓器移植と結びつけるのは間違っているとさえ思う。しかし、このことについては、いささか注釈が必要かもしれない。

よく知られている話に「捨身飼虎《しゃしんしこ》」がある。サッタ王子が飢えた虎のためにわが身を投げ出し、自身の肉を食らわせたという物語だ。法隆寺の玉虫厨子《たまむしのずし》に描かれているから、誰でも知っている話だ。しかしこの物語は、その後わが国では少数の例外をのぞいて、あまりとりあげられることがなかった。そのあまりにも残酷なシーンが強烈すぎたのかもしれない。とにかく、人気がなかったのだ。

一般にこの「捨身飼虎」図というのは、三段の絵から構成されている。上段は、飢えた親子の虎たちを見たサッタ王子が衣服を脱いで裸身になる場面である。中段は、その美しいからだをした王子が岩の上から身をひるがえして地上に落下していく場面である。そして下段の絵では、その王子の美しい肉体を虎たちが食い散らしている残酷な場面が大写しになっている。上・中段は、犠牲になることを決意したサッタ王子の、身を投じる美しいシーンである。これにたいして下段は、思わず目をそむけたくなるような悲しい、凄惨なシーンへと暗転する。正視に耐えない光景といっていいだろう。

この「捨身飼虎」の話は、すでにインドのジャータカ物語や経典の説話に登場し、中央アジアや中国の古代美術にも姿をあらわしている。敦煌《とんこう》やキジールなどの石窟壁画にも描かれている。

私も一九九五年に、敦煌に旅して石窟を訪れた。「捨身飼虎」図を自分の眼で見るためである。敦煌研究院の院長さんにもお目にかかり、便宜をはかっていただいた。そのときのお話だったが、「捨身飼虎」図はよく知られているものであるが、有名なわりには数はすくないのですといって目を宙に泳がせていた姿が忘れられない。そのことは私も出発前に若干しらべていて、わかっていた。キジールやトルファンなどの千仏洞にも同種の壁画がのこされているけれども、その実例は意外とすくなかったのである。

面白いのは、この図の下段の、虎に食われている場面だけが泥で塗りつぶされているということだった。それが、一、二にとどまらない。中国や中央アジアの仏教徒たちは、それを正視することに耐えられなかったのではないか。違和感を抱いたにちがいないのである。

はじめ私は、この「捨身飼虎」図にはキリスト教の犠牲のテーマが混入しているのではないかと、漠然と考えていた。その図の下段の、わが身を虎に投げ与える行為は、人類の罪のあがないのため十字架上で犠牲になるイエスの行為に触発されたものではないかと思ったのである。

周知のようにインドの仏教は、西北インド・ガンダーラ地域を経由して中央アジアへと伝えられていった。当時、西方のギリシャ・ローマの文化がその地域にまで及んでいた。インド思想や初期仏教との接触の結果、初期の仏像すなわちガンダーラ仏が作られたことはよく知られている。ギリシャ・ローマ文明の浸透とともに、やがてキリスト教も伝えられることになる。東西の文明が出会い、思想や観念の融合や衝突がはじまったのである。その出会いの結果、「捨身飼虎」図における犠牲の物語へと発展したのではないか。現に、そのガンダーラ地域からも古い「捨身飼虎」図が発見されているのである。仏教の布施の精神にキリスト教の犠牲の思想が継ぎ足されたのではないか。「布施」と「犠牲」が一種のイメージ連合を実現して新しい物語を生みだしたのではないか――そう考えたのである。

しかしこの「捨身飼虎」図については、もう一つ別の解釈がある。それが、北方遊牧民の狩猟文化の波動をうけたという可能性である。狩猟文化というのは動物を狩猟し、飼育し、解体することで成り立っている文化である。動物を殺して解体し、臓器をはじめとするすべての身体部分を生活のために無駄なく消費する文化である。動物は当然のことながら鹿や兎のようなおとなしい動物たちから象、ライオン、虎のごとき猛獣に及ぶ。猛獣を相手にするときは食うか食われるかの戦いに発展するだろう。油断をつかれ、寝こみを襲われて人間たちの方が殺されることもある。

人間も、自然界の食物連鎖の環のなかに組みこまれているということだ。人間どもが動物を屠《ほふ》るように、動物たちの側も人間をいつでも血祭りにあげる。その相互襲撃がいわば生存競争になっているのだ。「捨身飼虎」図に登場するサッタ王子がその裸身を飢えた虎たちに与え、そしてそれを虎たちが貪《むさぼ》り食らっている図は、そうした狩猟社会の掟《おきて》が混入した結果ではないか、ということになる。もしもそうであるとすると、王子による裸身提供の根本に横たわる思想は、キリスト教の犠牲とか仏教の布施とかいうより、むしろそれ以前の狩猟社会のモラルともいうべき掟にさかのぼって考えなければならないことになるだろう。

*

私は、この考え方の方に魅力を感ずる。「捨身飼虎」図の下段の世界は、人間が動物を解体して食らうように、飢えた虎たちが人間を解体して食らいついている情景に見えてくる。それは「犠牲」といった人間的な観念をこえた文化の断面をあらわしている。「布施」といった宗教ヒューマニズムをはじき飛ばすような厳しい生活の断面を浮き彫りにしているように見える。その過酷な厳しさをひと言でいえば、人間もまた食うか食われるかの食物連鎖のなかで生活していたということだ。それがそもそも狩猟社会の掟であるということではないか。

しかし考えてもみよ、農耕社会や牧畜社会というのは、この食物連鎖の運命を断ち切ることで新しい社会秩序を作りあげてきたのではないか。人間を食物連鎖の環のなかから救出し、そうすることで人間中心主義の原理を確立してきたということだ。自己の生存のためにはいくら動物を殺してもよいとする、新しい人間中心の倫理を作ったのである。ところが、それ以前の狩猟社会の狩猟民たちは、人間は動物に食われることがあることを覚悟せよ、という動かしがたい掟のもとに生きていたのだったと思う。

横道にそれたかもしれないが、脳死・臓器移植を合理化するために、仏教の側から「捨身飼虎」の実例を持ちだすのは見当はずれの議論だということをいいたかったのである。それによって仏教の布施の精神を言い立てようとするのは、少々身勝手な言い分ではないかということだ。動物たちに食われる運命を是認することなしに、「布施」の考えにもとづく臓器の提供についてあまりに美しく語ることなかれ、ということである。食物連鎖の環のなかからおのれを救出しておいて、脳死・臓器提供の犠牲の倫理性を説くのはやめにした方がよい。それは近代の合理精神にひそむ傲慢なヒューマニズムを隠蔽する詐術ではないか。

断食死こそ死の作法の出発点

私は最期を迎えるときは、断食して死につこうと思っている。もっとも突然死や事故死に見舞われる場合は悠長に断食などしているいとまはないだろうが、病死や自然死に恵まれるような場合は断食してこの世におさらばしようと思っている。だからドナーカードを所持したりそれに署名したりする気はさらさらない。延命治療なども真っ平ごめんである。脳死の判定も拒否する。臓器を提供する気など毛頭ないのである。

なぜなら私は、断食死こそ死の作法の出発点であると思っているからである。もしもそのような僥倖《ぎょうこう》が許されるなら、断食に入ってから息絶えるまでの時間を豊かで実りあるものにしたいと思っている。そのとき、どんな言葉が自分の口から飛びだしてくるか、それはわからない。歌がでてくるか、ご詠歌や演歌がもれてくるか、それとも念仏の声がでてくるか、断末魔の絶叫がほとばしるか、それもいまのところ闇に包まれた謎としかいいようがない。一切の言葉を奪われて、沈黙しているかもしれない。

そのいずれであっても、いっこうにかまわない。しかし断食死が、自分の最後にのこされた死の作法だと思っている。もっとも、それはかならずしも死を覚悟するとか、死を悟るとかいうものではない。そうではなくて、そのように最期を迎えることが、人間が人間であることのあかしであると思っているのである。

私の死の匂いをかぎつけて、飢えた虎が近づいてきたとしよう。そのとき私は、その虎に食われることを欲しない。その恐怖に耐えられない。それだから、その虎の前に、布施や犠牲の精神を抱いて身を投げ出そうなどとはつゆ思わないだろう。そのような状況について私が思いおこすのは、むしろ仏の涅槃図の方である。図の中央に、涅槃に入ろうとする仏が横たわっている。そのまわりを弟子たちがとりまき、さらにその外周部に動物たちが居並んでいる。仏の最期の運命やいかにと、かたずをのんでひかえている。

私はこのごろ、不遜《ふそん》にも自分の最期のシーンを仏の涅槃図に重ね合わせていることに気づいて、ひそかに赤面している。自分を仏になぞらえるとは！

しかしここで、どうか誤解しないでほしい。私が真に欲しているのは、そんなことではない。動物たちよ、飢えた虎たちよ、どうかオレの臓器を食らわんと思うことなかれ、そのかわりにどうかオレの死を見守っていてくれ——そうこころから念願しているにすぎないのだ。

とはいっても、人間の運命というものはやはりはかりがたい。私もまた、あるとき突然、意識を失って病院にかつぎこまれるかもしれない。気がついたとき両腕には点滴の装置がつけられ、鼻穴や口からは管が内臓までさしこまれ、身動きならぬ状態でベッドにしばりつけられているかもしれない。念願の断食もままならないままに、しだいしだいに地獄の様相が身のまわりに浮かびあがってくる可能性がないわけではないだろう。

そのときは、万事休す、である。地獄にいってから、あらためて死の作法をやり直すほかないのかもしれない。

第五章　精神性について

人間批評の尺度

以前、人物月旦《げったん》（人物評）の趣向について友人と雑談を交わしたことがあった。人間批評の尺度のようなものだ。友人がいうには、「知性」と「やくざ性」と「含羞性《がんしゅう》」と、その三つぐらいと思うが、どうだろうという話だった。私は、なるほどとうなずいた。ただ尺度の立て方としては面白いが、その三者のかね合いが難しいところではないかといった。

知性の比重を二割にするか三割にするかでも、意見は分かれるだろう。やくざ性と含羞性となれば、バランスをとるのがさらに難しくなる。そういうものがどんどん稀薄になっていく昨今の風潮を眺めていると、つい知性のようなあいまいなものを二割から一割に減らしてしまいたくもなる。やくざ性とか含羞性こそが重要なのだといってみたい。知性には人間の精神性といったものはあまり宿っているようには感じられないからだ。それにくらべてやくざ性や含羞性にはそれが濃厚に含まれているのではないか。

やくざ性などというと、ついやくざの風俗と間違えられそうだが、早とちりしないでほしい。ちょっとあらたまった気持でいえば、反俗的な冒険心、といったような意味で使っているつもりである。そんな言葉遣いも、含羞などといういい方といっしょにもう時代遅れになっているのだろう。それがいささか寂しい。われわれの精神の力が衰えてしまっているようにみえて、情けない。

昔の話になるが、この日本列島には武士には武士の独自の生き方、つまり作法があり、百姓町人にも百姓町人なりの生きる指針があった。やくざ社会にも、任侠といった粋な言葉が生きていた。それらを武士道、町人道、任侠道の名で呼んできた。「……道」といえば高尚なことを論じているようでもあるが、何もそう肩をいからすつもりはない。そもそも生き方とか指針というのは一律なものではないだろう。いろいろな要素が混り合っている。それが風雪に耐えていつのまにか倫理とか道徳感情といったものに育っていったのだ。

任侠道〈長谷川伸〉

最近私は、よく長谷川伸《はせがわしん》の作品を読む。それで心の洗濯をしたような気分になっている。そんな癖がついてしまったのだ。それで、任侠の話からはじめることにしよう。

今日では、『瞼《まぶた》の母』や『一本刀土俵入』といっても何のことやらわからない人が増えている。『沓掛時次郎《くつかけときじろう》』だっておそらくそうだろう。けれども戦前、長谷川伸は股旅《またたび》ものの流行作家として多くのファンのこころを魅了した。股旅ものは封建的な任侠の世界を題材にするものだった。それが大衆にうけたのは、惨めな現実に花咲く人情話がこの上なく哀切で美しかったからである。非合法のやくざ社会の出来事として語られたために、かえってこの世ならぬ効果と感動を誘ったのかもしれない。

この長谷川伸の股旅ものをとりあげ、胸のすくような批評をしたのが佐藤忠男《さとうただお》の『長谷川伸論』だった。その目次には「一宿一飯」「下層社会のいき」「命令と良心」「義理と意地」など魅力的なテーマが並んでいる。その股旅ものの作品が芝居、小説、映画の分野で大流行した原因が、こと細かにつきとめられているのである。

面白いのは佐藤氏が、長谷川伸の生い立ちにふれている点である。日本の大衆文学を築きあげた人びとのなかには、文部省のきめた学歴をふんでいない人びとが多い。吉川英治《よしかわえいじ》、菊田一夫《きくたかずお》、松本清張《まつもとせいちょう》、みんなそうだが、長谷川伸はその大先輩にあたる。こうした大衆作家にとって「教養」とはいったい何だったのか、という問題がある。何が生きる支えだったのかということだ。それを考えるのに長谷川伸は鍵になる人物だというわけである。さらに、近代日本における「民衆の精神史研究」のもっともすぐれた開拓者だったと、高い評価を与えている。

佐藤忠男はどのような意味においてそういっているのだろうか。それが『長谷川伸論』の冒頭に掲げられている「忠誠心の二つの道」で語られている。これは任侠道と武士道を、忠誠心という観点から比較した文章であるが、そのなかで、任侠道の究極は弱者に対する負い目を担いつづけることだといっている。この場合、弱者の典型はしばしば「女」であるという。作品に登場する主人公は、自分より弱い哀れな女のために忠をつくす。それがモラルの土台になっているというのである。

むろん佐藤忠男もいっているように、そんなモラルが現実のやくざ社会に生きているわけではない。任侠道というのも、フィクションの膜を通して幻想された一つの物語なのかもしれない。しかしそうした幻想にわが夢を託して、こころのよりどころとした広汎な庶民が現実に存在したことも否定することはできない。長谷川伸が民衆の精神史研究のすぐれた開拓者だったというのも、おそらくそのためである。

相手に対する負い目を正しく意識することこそが人間の自然の情であり、モラルの源泉なのだ。それが昔から日本人が口にしてきた「義理人情」である。ここでは義理はかならずしも人情と対立してはいない。あとで述べるように、それは義理を大きく包みこんだ人情なのである。

つづけて佐藤忠男は、つぎのようなこともいっている。

人間同士の間では、負い目はアプリオリにあるのだ、というこの感覚は、天皇制の論理において、すべての日本国民は生れながら天皇に負い目をもっている、とされていた心情的な論理の構造に近く、しかも、それを逆転させたものであると思う。それは忠誠観念の一種であり、しかも天皇制的忠誠観念とは逆の方向を持つものである。

（『長谷川伸論』中央公論社、一二四頁）

負い目には「天皇への負い目」と「弱者への負い目」がある。それが背中合わせになっているのだという。戦前においては、尊皇思想と民草《たみくさ》イデオロギーの関係が似たような背中合わせの網の目をつくっていた。戦後では、天皇をみこしにかつぐ象徴天皇制と大衆迎合主義が同じような関係性のなかで向き合ってきた。「大衆」と声を発すると、いつのまにか「天皇」という余韻がどこからともなくひびいてくる。

ともかく、天皇と弱者を負い目というキーワードで連結しようとしたところに佐藤忠男の鋭い眼差しが光っている。さきの民草イデオロギーや大衆迎合主義には倫理のひとかけらも感じられないけれども、負い目という言明には一種の道徳的緊張感のようなものがただよっているのである。

もっとも戦後になって、天皇への負い目はかぎりなく漂白されていったはずだ。今日の新しい世代で、天皇への負い目を実感できる者などひとりもいないだろう。しかしながら、ことが弱者への負い目ということになれば、そうではないにちがいない。たとえば弱者への負い目が今日的な姿をとったものが、ほかならぬボランティア活動ではないかと思われるからだ。むろんこのボランティアなる観念には、負い目という言葉に匹敵するような無念の思いは微塵《みじん》もみられない。が、たとえそうではあったにしても、すくなくとも弱者への負い目の流れだけはそこに細々と命脈を保っているといえるのではないだろうか。ただ残念ながら、その負い目をいつまでも担いつづける精神がそこには欠けている。やはり、フィクションとしての任侠道の記憶が地をはらって久しいのである。

浄瑠璃と町人道〈司馬遼太郎〉

目を転じよう。江戸時代の町人の世界で、かれらのモラルを支えていたのが浄瑠璃《じょうるり》だったといったのは、司馬遼太郎である。とりわけ近松の世話ものがそうだったという。かれの長編小説『菜の花の沖』にその話がでてくる。

主人公が高田屋嘉兵衛《たかだやかへえ》である。江戸後期に活躍した廻船業者。兵庫を拠点に日本海、松前《まつまえ》に手をひろげ、幕府の北方政策にも協力して、蝦夷地御用定雇船頭《えぞちごようじょうやといせんどう》を命じられた。クナシリ、エトロフの航路を開いたが、文化九（一八一二）年、そのクナシリ島付近でロシア船に捕らえられた。その前年、日本側がロシア船の船長ゴローニンを拿捕《だほ》していたからだった。だが嘉兵衛は臆することなくロシア側と対等にかけ合い、自分とゴローニンとの交換釈放に成功する。ペリーが浦賀に来航する四十年前のことだった。

ほとんど最初の日露交渉だったといっていいだろう。この小説にはそんな高田屋嘉兵衛の、武士ともみまがうような誇りにみちた言動が生き生きと描かれている。なぜそんなことができたのか。かれに浄瑠璃の素養があったからだ、と司馬遼太郎はいっている。

江戸期は儒教の時代であった。幕府や藩は儒教を好み、その倫理の浸透をはかったが、それが民間では近松門左衛門《ちかまつもんざえもん》のような作家によってとりあげられ浄瑠璃の台本になったという。

嘉兵衛はロシア船に捕らえられカムチャツカに連行されるとき、浄瑠璃本をもっていった。ちなみにかれが捕らえられる三十年前に、同じようにロシアに漂流した伊勢白子《しろこ》浦の船頭大黒屋光太夫《だいこくやこうだゆう》も、ロシアでの漂泊中、浄瑠璃本を身につけて手離さなかったという。嘉兵衛もそうだったところが面白い。

言葉の通じない異国や無人島におもむくような気持になっているとき、どんな書物をもっていくかは、その時代の精神を知るうえで好個の材料になるだろう。大黒屋光太夫や高田屋嘉兵衛が浄瑠璃につよい執着を示したのは、江戸時代の町人道を考えるためにもゆるがせにできない事柄なはずだ。その浄瑠璃について、司馬遼太郎はつぎのようにいっている。

浄瑠璃は演ずべきものだが、目で読んでも、三味線の音がきこえ、場面々々の人形たちの表情やしぐさまで浮かんでくる。

浄瑠璃は室町中期にはじまって、やがて音曲として三味線が加わり、さらに人形で演じられるようになった。江戸期は、町人の文化としては、その初頭から濃厚に浄瑠璃の時代といっていい。浄瑠璃における詩的文章と語りと会話をないまぜた文学的言語の普及が、町人たちの日常語を豊富にしたし、洗練もさせた。

（『菜の花の沖』六、文春文庫、八六頁）

浄瑠璃は読んでも聴いても、人形たちの表情やしぐさが眼前に彷彿とする、それが精神に形を与える。モラルや道徳感情の肉体化、ということがそれにあたる。その浄瑠璃の文と語りが、町人たちのライフスタイルに大きな影響を与えていたのだ。それがかれらの日常語を豊かにし、感情をみがきあげていたのである。

高田屋嘉兵衛が異国のカムチャツカで、ロシアの軍人たちと一歩も譲らぬ交渉をやりとげることができたのも、その浄瑠璃的教養のおかげだったということになるだろう。わけても嘉兵衛の時代より一世紀前に出た近松門左衛門の存在が大きかった、と司馬遼太郎はいう。嘉兵衛はとくに近松の世話浄瑠璃『曾根崎心中《そねざきしんじゅう》』を好んだといっている。

江戸の浄瑠璃というと、われわれはつい義理と人情のしがらみ、その両者の葛藤《かっとう》、と考えてしまいがちだ。しかし、近松の世話ものでは人情が義理を圧倒していく。そういう物語のつくりになっている。実際は人情の勝利をうたいあげる悲劇なのだ。『曾根崎心中』でいえば、醬油屋の手代徳兵衛が堂島新地の遊女お初と手に手をとって、恋をつらぬき心中する。たしかに浮世の義理がかれら二人を死に追いつめるのであるが、その心中への道行きで人情の強さがついに義理の厚い壁をつき破ってしまう。司馬遼太郎の言葉によると、浄瑠璃というのは町人が男をみがく鑑《かがみ》であったのだ。それというのも、そこに義理を打ち砕くほどのはげしい人情の発動があったからではないか。

さきに任俠道のところで佐藤忠男の考えをみたが、そこに義理と人情についての注目すべき指摘があった。もう一度整理する。——一般に義理と人情という場合、その二つを対比するように用いるけれども、本当はそうではない。日本人は、それらを「義理人情」というひとつづきの言葉として使ってきたのではないか。義理とは、相手にたいする負い目である。そして義理人情とは、この相手にたいする負い目を正しく意識することなのだ。それが人間の自然の情であり、モラルの源泉であった。だから、義理すなわち公が、人情すなわち私に優先するといったような単純な話ではない。

『曾根崎心中』で徳兵衛とお初が死をもって恋をつらぬく場合でも、浮世の義理にせめたてられたはての受動的な悲劇などではないだろう。徳兵衛のお初にたいする人情、お初の徳兵衛にたいする人情が、義理の顔をしているだけの酷薄な世間の掟を圧倒していく物語だったということになる。

司馬遼太郎の描く高田屋嘉兵衛もまた、そのような義理人情をその体内に大量に抱えこむタイプの人間だったわけだ。この人情過多の道徳感覚こそ、じつは江戸時代の町人道を底から支えるものだったのではないか。それはどこか、任侠道における弱者への負い目の感覚ともつながっているようにみえるのである。

武士道の「仁」〈新渡戸稲造〉

最後に、武士道である。任侠道、町人道とくれば、当然そうなる。任侠道や町人道のなかに武士道をおくと、どんな風景がみえてくるか。股旅ものや世話ものにも通ずるような物語の旋律が、そこからきこえてくるだろうか。

手がかりは、いくらでもあるだろう。が、ここでは例によって新渡戸稲造《にとべいなぞう》の『武士道』だ。はじめ英文で書かれ、のち弟子の矢内原忠雄《やないはらただお》の手で格調ある日本語に訳された。司馬遼太郎や長谷川伸より半世紀も以前のことだった。

新渡戸の『武士道』にも、むろんいろいろな入口が設けられている。どこから入ってもよさそうなものだが、やはり「仁」にかんする一文（第五章）が断然光っている。仁とは、武士道に不可避の最高の徳だという。愛、寛容、慈悲もしくは慈愛などの属性を含む。それはまた柔和にして、母のごとき徳である。人間の霊魂の属性中もっとも高きもの、と賞揚されている。

まさに武士道の精華である。が、それらの言明のなかで私がとりわけ胸をうたれたのは、新渡戸がつぎのようにいっているところだ。——武士にもっともふさわしい徳として賞讃されたものこそ、「弱者、劣者、敗者に対する仁」である。私はこの言葉に出会ったとき、新渡戸の琴線にふれたような気分になった。武士道の精神が倫理的な美の世界へと昇華するのは、そのような場面においてではないかと思ったほどだ。

この「弱者、劣者、敗者に対する仁」を例示するために、かれはよく知られている熊谷次郎直実《くまがいじろうなおざね》と平敦盛《たいらのあつもり》の話をもちだしている。『平家物語』にもでてくる一の谷合戦の場面だ。逃げゆく平家の公達《きんだち》をとり押さえてみれば、弱冠十六歳の美しい武者だった。直実は「とく行け」と見のがそうとする。若武者は、「何の、わが首を打て」といい返す。涙をのんだ老武者は白刃をひるがえしてその首を打ち落とす。戦い終り、直実は髪を剃って出家した……。

『武士道』においても印象的な場面である。弱者への憐憫《れんびん》、敗者への共感共苦の主題が静かにしみ通ってくる。武士のふむべきモラルが、敗者への慈愛を通して生き生きした美意識をよみがえらせている。「仁」という外来の観念が、日本という風土のなかで生みおとした純粋な果実であったといっていいだろう。新渡戸は同書の他の箇所で、武士道は「比類なき型の男性道」であるといっているが、そのような気分が熊谷直実の背中からも匂い立ってくるようである。

その「比類なき型の男性道」についてであるが、そのようなものが生みだされた背景には、仏教、神道、儒教の影響があっただろうとかれはいっている。当然の話である。仏教が武士道に与えた栄養は、まず運命に任すという平静なる感覚、不可避にたいする静かなる服従、危険災禍に直面したときのストイック（禁欲的）な沈着、生を賤《いや》しみ死に親しむこころ、などだ。武士道における陰の部分といっていい。

それでは神道は、何を武士道に注入したか。主君にたいする忠誠、祖先にたいする尊敬、親にたいする孝行、である。それによって武士の傲慢な性格に服従性が付与されることになった。武士道における陽の部分だ。最後の儒教の影響はどのようなものだったのか。孔子の教訓は武士道のもっとも豊富な淵源である。君臣、父子、夫婦、長幼、ならびに朋友間における五倫の道だという。

それらが寄り集まって、「比類なき型の男性道」ができあがったのだという。しかし考えてみよう。このような男性道は、比類のないタイプであるかもしれないけれども、まだ未完の武士道なのではないか。まことの潤いの失われた、未熟で中途半端な武士道ではないか。みようによっては魂の抜けたような仏教、形骸化した儀礼的な神道、それに教科書通りの孔子の教えが、寄木細工のように重ね合わされているだけではないか。観念の木偶《でく》の域をでない武士道……。

なぜなら武士道は「仁」の魂を喪失するとき画龍点睛《がりょうてんせい》を欠くことになるからだ。弱者への憐憫、劣者への同情、敗者への慈愛を抜きにしては武士道は完成しない。武士の美意識も花を咲かすことがない。そして何よりもこのような「仁」への傾倒こそが、その「比類なき型の男性道」のたんなる男性性をのりこえる契機になるのである。

新渡戸はそのことについては、直接何もいっていない。そこまでは考えなかったのかもしれない。しかし武士道が単純な「男性道」にとどまるものでないことは、かれも感じとっていたはずだ。「弱者、劣者、敗者への仁」を力説しているかれの背中に、その切実な思いが宿っているように思われるからである。

*

もはや多くの言葉を費やす必要はないだろう。

私は長谷川伸の作品にふれて、股旅任侠道における弱者への負い目に注目した。ついで司馬遼太郎の小説に触発されて、浄瑠璃町人道における人情過多の道徳感覚なるものの可能性を考えてみた。そして最後に新渡戸の『武士道』をとりあげて、さむらいジェントルマン道における弱者への憐憫、劣者への同情、敗者への慈愛について、思案をめぐらしてみた。

そこに一貫するものを、いったい何と呼んだらよいだろうか。任侠道、町人道、武士道をつらぬいて変らぬ主題とは、いったい何かということだ。しかと名指すことは難しいが、それがこの日本列島という風土に育まれ熟成してきた日本人のヒューマニズムの原形質ではないか、というのが私の仮説である。ただしかし、このヒューマニズムには多少とも偏向した個性がみられないわけではない。

その偏向した個性とは、要するに弱者への無限の負い目を担いつづける傾向性のことだが、そこには立ちつくしながら膝を屈するような債務至上主義のモラルが脈打っている。おのれの負い目を担いつづけようとする債務の感覚である。対等の契約関係にもとづく債権意識を可能なかぎり無化しようとする意思がそこに働いているといってもいい。西欧流儀の自立的債権者の体面を保つためには、われわれのメンタリティーはあまりにも含羞という強迫観念にとりつかれているのである。やくざ性という反俗の意識が、ひそかにその牙《きば》を剝《む》いていたのである。

しかしながら気がついてみれば、われわれの国土は、股旅任侠道も浄瑠璃町人道も、そしてさむらいジェントルマン道もすでに死語と化してしまっているような風景に変っていたのである。眼前に眺められるのはいつのまにか、債権主義という名の潤いのない土壁だけになっていたということだ。

その壁穴からきこえてくるものは、今や嘆き節だけなのである。

第六章　伝統のこころ、近代のこころ

チャンバラ映画

昔みたチャンバラ映画がなつかしい。向こう見ずの乱暴者がでてきて、威張っている奴、金を持ってふんぞり返っている奴を叩きのめす。あの爽快な立ち廻りが何ともなつかしい。向こう見ずの乱暴者はどこかヤクザなところがあるから、出世とは無縁な人間である。晴れがましい場面に出ていくことが好きではない。光がさしてくる方には背中を向けている。だが、その背中を見せているところに色気が漂っている。背中の説得力といったようなものなのだが、そういう奴こそ一面で恥を知る人間であったのだ。

あらためていうのも気がひけるが、日本人は明治このかた西欧の先進国に追いつけ追い越せで疾走してきた。みごとな疾走だったと思う。それが西欧のたんなるサル真似であったというならば、それはそれでみごとなサル真似であったというほかはない。今さらそれがダメであったというのは、あと知恵がくっついただけの、したり顔の偽善でしかないだろう。その追いつけ追い越せレースをわれわれはかならずしも嫌いではなかったし、そのおかげで今日の経済的繁栄を手にすることができたのではないか。

その成功の秘密はいったい何だったのだろうか。いくつかの理由があったにちがいない。だがそのなかで思い浮かぶものの一つが、「宗教」や「モラル」の力がほとんど歴史の背景に退いていたということではなかっただろうか。伝統的な宗教心や倫理観、つまり「こころの作法」が日本の近代化や経済発展に待ったの声をかけることがなく、邪魔らしい邪魔をしなかったということだ。

西欧産の「進歩」「発展」「合理性」といった考え方を前にして、日本の「宗教」は唯々《いい》諾々《だくだく》として首を垂れ、ひたすら経済発展の論理と二人三脚を組んでここまできてしまったのである。経済合理性の独走態勢が、こうしていつのまにかできあがった。ヤクザな乱暴者の色気が、ただ映画のなかにだけ閉じこめられてしまう仕儀になったのである。

いまようやくわれわれは、含羞の色気をとりもどすべき時期にきているのではないだろうか。含羞の色気とは、むろんたんなる乙女の恥じらいといったようなものではない。その恥じらいの表皮の裏には、いつでも弾けだすような野性と無頼《ぶらい》の魂が秘められているからこそ、そこからは色気がにじみでてくるのである。

お念仏だけの個性尊重の掛け声からは、ちんまり自己の限界をわきまえた専門人が産出されるだけだ。同じように創造性などの強調も、乱暴者の荒々しい義侠心を抜きにしてはたんなる功名心や上昇志向に姿を変えてしまうだろう。

＊

一九九五年のことだった。その四月上旬に、私は十日ほど中国にでかけた。西は敦煌に飛んで石窟と壁画をみてびっくり仰天し、帰りは上海を経由してあわただしく帰ってきた。

中国の旅はこれで四度目であったが、上海の発展ぶりはやはりききしにまさるものだった。

旅を終え最後の晩、上海の宿でテレビのチャンネルを廻していると、日本の衛星放送が画面にあらわれた。折しも日本はオウム真理教の事件で騒然としていたが、そのニュースが終ると、突然眼前に、黒澤明《くろさわあきら》映画『虎の尾を踏む男達』（一九四五年）という文字が大映しになった。

そのタイトルをみて、はじめは何のことやらわからなかったが、そのうちそれが黒澤明の戦後も比較的早い時期の作品で、「勧進帳《かんじんちょう》」を現代風にアレンジした物語であることがわかってきた。虎の尾を踏む男達というのが、義経、弁慶を軸とする山伏姿の主従一行のことで、越すに越されぬ安宅《あたか》の関がおそるおそる踏んで通らなければならない「虎の尾」というわけだった。

弁慶が大河内伝次郎《おおこうちでんじろう》、安宅の関守《せきもり》、富樫左衛門《とがしのさえもん》に藤田進、山伏の一人に志村喬《しむらたかし》をあてている。いかにも黒澤好みの布陣といえるが、この山伏の一行に途中からまぎれこむひょうきんな強力《ごうりき》として榎本健一《エノケン》が登場する。意表をつくような配役であるが、これがドラマを生き生きしたものに仕立てあげている。エノケンの自在な演技もみものであるが、黒澤明のからしのきいた演出もさえている。

筋については書くまでもあるまい。謡曲の「安宅」、歌舞伎の「勧進帳」で語りつがれ、今日なお「忠臣蔵」とならぶ当り狂言の筆頭の座を占めてゆるがない。時代をこえる「国民文学」の傑作として人びとに親しまれてきたお芝居だ。みようによっては、これもまた義侠心の物語といっていえないこともないだろう。

その義経と弁慶と富樫によってくりひろげられる物語を上海でみて、しんとした気持になった。上海という外国でみたから、そういう印象をつよくもったのかもしれない。その映画がゴールデンアワーの時間帯に、衛星放送にのせられたというのも面白い。いまだにつづく黒澤映画の人気のせいなのだろう。

それとも物語の展開、筋立てにインターナショナルな味があるのか。よくわからない。しかしこのような物語の風味はたしかに中国にはないものだろう。東南アジアにもまずない。おそらく韓国にも見出すことができないような気がする。とすると、衛星放送の電波が及ぶところ、そこには「日本人」がいる、という単純な事実をそれはあらわしているだけなのかもしれない。だが、はたしてそうだろうか。

「勧進帳」という芝居の勘どころは、いうまでもないことだが越すに越されぬ関所を、主を思う弁慶の機転と一行の正体を見破っている関守・富樫の情けによって、無事くぐりぬけていくところにある。手に汗を握る場面である。平俗にいってしまえば、義理と人情の葛藤をまさに蒸留したお芝居ということができるだろう。

黒澤明もそこのところはよく心得ていて、大河内伝次郎と藤田進のやりとりで結構泣かせる。エノケンの猥雑《わいざつ》な大立ち廻りが、展望のみえそうにない主従一行の暗い行く手を、さらに暗いものにしている効果もみのがせない。かれらはやがて滅びる運命にある。見えない不吉な闇がかれらの前途に忍び寄っている。その前途を予告するような冷たい無情の風が、最後のシーンの背面から吹いていた。

人間を信じる

日本にもどってからはオウム真理教の事件が、モタモタした捜査のなかでしだいに過激な様相を呈しはじめていた。そんなあるとき、上海でみた『虎の尾を踏む男達』が呼び水になったのであろう。私は長谷川伸の『一本刀土俵入』を思い出していた。

これは昭和六(一九三一)年に書かれた芝居で、主人公の駒形茂兵衛《こまがたもへえ》を六代目菊五郎が演じて一躍世に知られるようになった。長谷川伸の代表作の一つといってよいだろう。私がみたのは島田正吾《しまだしょうご》による駒形茂兵衛だったが、たしか藤山寛美《ふじやまかんび》がやった駒形茂兵衛もどこかとぼけた味があって面白かった。

取手《とりで》の夜の街道で、関取になりそこなった駒形茂兵衛が旅館の酌婦お蔦《つた》の情けをうけ、立派な関取になって世間を見返すようにとはげまされる。そこで、「駒形ぁ……」の声が場内にひびきわたる仕掛になっている。場面は転換して、十年後。お蔦と子どものもとへ、行方をくらましていた夫の彫師・辰三郎が舞いもどってくる。イカサマ賭博に手をだして、地元のやくざに追われている。十年ぶりにようやく親子三人水いらずの生活を、と思った矢先に、その夢はもうほころびはじめている。ちょうどそんなところへ、駒形茂兵衛が昔の恩人お蔦を探して姿をあらわす。ただし、志したはずの関取にはなりきれずに、いまではにらみのきくいっぱしのやくざになって……。

大詰めは、この茂兵衛が地元の博徒を右に左に打ちのめして、お蔦親子と辰三郎を落ちのびさせる場面だ。その大切りのとっておきの科白が、

ああお蔦さん、棒ッ切れを振り廻してする茂兵衛の、これが、十年前に、櫛《くし》、簪《かんざし》、巾着ぐるみ、意見を貰った姐《あね》さんに、せめて、見て貰う駒形の、しがねえ姿の、横綱の土俵入りでござんす。

（『長谷川伸全集』第十六巻、一九七二年、朝日新聞社、三三三頁）

私は、その親子三人どこともしれず落ちていく後ろ姿に、山伏に身をやつした義経、弁慶の主従一行のシルエットを重ねていたのである。富樫と弁慶のそ知らぬ風情のやりとりに、お蔦と茂兵衛の今生の別れの場面が吸いこまれていくような気分を味わっていた。そしてその最後の「土俵入」のシーンにおいても、あの無情の風が吹いていた。あるいはもうすこしふみこんで、無常の風が吹いていたといってもよいだろう。

こんど私は久しぶりに『一本刀土俵入』を読み返したのであるが、たまたま手にしたのが朝日新聞社から刊行された『長谷川伸全集』であった。第十六巻に収められていたのだが、この巻にはさみこまれていた「月報」に佐藤忠男の「一宿一飯の義理」という文章がのっていて私の目を惹いた。

佐藤氏はそこで、こんなことを書いている。――アメリカに滞在中の日本人の青年が、アメリカの軍隊に徴兵され、ベトナムに送られて、休暇で日本へ来たとき、脱走してべ平連に助けを求めた、という事件が前にあった。この話をきいて思いだしたのが長谷川伸の『沓掛時次郎』だったという。時次郎はやくざの社会の掟で、一宿一飯の恩義にあずかった親分の命ずるまま、見ず知らずの男を斬る。これはまったく非人道的な行為であるのだが、しかし考えてみれば、アメリカに滞在すると兵役の義務が生ずるというのも、『沓掛時次郎』における一宿一飯という思想とすこしもちがわないのではないか。むしろ時次郎の方が、それを苦悩として背負うだけ人間的なのではないか。

これは意表をつく見方であるが、いわれてみればたしかにそういうところがある。アメリカにおける外国人の「兵役義務」の問題が、沓掛時次郎における「一宿一飯の義理」の思想と対比されている。表面的にみれば、アメリカに住むと法律によってアメリカの兵役につく義務が生ずるというのは、「近代」的な制度の問題であるようにみえる。それにたいして長谷川伸の戯曲で扱われている一宿一飯の義理というのは、人間関係のしがらみから生ずる「前近代」的な掟のように映るだろう。

しかしおそらく佐藤忠男はそういうことを承知のうえで、右に紹介したようなことをいっているのである。「一宿一飯」という究極の局面にだけ焦点をあてれば、「兵役」と「親分の命令」のあいだにそれほどの径庭《けいてい》があるわけではない。そこにみられるのは、義務という言葉を用いるか義理という言葉をあてるかの相違だけであるのかもしれない。もっともここで義務か義理かで議論をはじめると、ふたたび近代の「義務」と前近代の「義理」といった対立項がもちだされて、話が難しくなる。

大切なのはむしろ、長谷川伸の『一本刀土俵入』や『沓掛時次郎』そして「勧進帳」がなぜこれほどわれわれの心を打つのかということではないか。ややもすると前近代という枠のなかに組みこまれてしまう義理や人情の感覚が、なぜこれほどわれわれの琴線にふれてくるのかということではないか。そこまで話を煮つめていけば、「一宿一飯」の考えがはたして前近代の書割りからみえてくる光景なのか、それとも近代の舞台にライトアップされてみえてくる風景であるのか、その境界がしだいにぼやけてしまうだろう。それどころか佐藤忠男もいうように、むしろ時次郎の方がそれを苦悩として背負っている分だけ、人間的なのではないかということにもなる。それにくらべると、さきのベ平連に助けを求めた日本人の方は、目前の危機的状況から脱出するために市民的権利を楯にした、利己的行動のようにみえてくるから不思議である。

*

佐藤忠男はこのエッセーのなかで、もう一つ重要なことをいっている。すなわち日本人は、神を信じなかったかわりに人間を信じてきたのだ、と。周知のように、日本人の思想は強力な神をもたなかったところに大きな特徴があるといわれてきた。特徴というより、そういう「欠点」があり、それだからダメなのだといわれてきた。しかしそういう自己卑下の見方は、事態を正確に見定めたうえでの冷静な判断とはいえないだろう。おそらくそのように考えてのことであったと思う。氏はそれにつづけて、つぎのようにいっている。

日本人は神を信じないかわりに人間を信じたのであり、人間の〝想い〟とか、〝怨み〟

とかいったものを信じたのである。それが信仰としては祖霊信仰や生霊死霊のたたりの思想となり、日常のモラルとしては、人の期待を裏切ってはならぬ、という、義理人情の思想となったのだと思う。

（前掲書「月報」一、五頁）

これはまことに重要な指摘であるといわなければならない。私は右の一文にふれたとき、それこそ目からウロコが落ちるような気分を味わった。日本人の祖霊信仰や怨霊《おんりょう》信仰が、カミにたいする信仰から発するのではなくヒトにたいする信頼感情に由来するのだというのは、たしかに見のがしがたい鋭い洞察である。しかもそのような人間を信ずる生き方が、一方では日本人の祖霊信仰という宗教の世界と、他方で人の期待を裏切ってはならぬとする道徳の世界を生みだしたというのである。その道徳の基本に義理人情の思想があるのだと、結論しているわけだ。

かつて若き日の新渡戸稲造はベルギーに滞在していたとき、その地の法学の大家ド・ラヴレーから、「あなたのお国の学校でおこなわれている宗教教育はどのようなものか」という質問をうけた。新渡戸がそのようなものは「ない」と答えると、この尊敬すべき教授はつぎのようにいい放ったという。「宗教なし！　どうやって道徳教育を授けるのか」

そのときうけた衝撃を新渡戸は忘れることができなかった。自分自身、少年時代に学校で道徳教育をうけたことがなかったからである。だが、かれはやがてあれこれ思い悩んだすえに、自分の正邪善悪の観念を形成したものが武士道にほかならなかったという結論に到達する。その精神遍歴のいきさつが、『武士道』という書物の第一版序のなかに記されている。ときに明治三十二（一八九九）年、新渡戸三十八歳のときであった。

それからほぼ一世紀がたって、佐藤忠男が日本人の道徳の基礎は義理人情の思想にあるといったことになるだろう。そしてその思想の根拠を、日本人が神を信ずるかわりに人を信じてきたところにおいたのである。思えば新渡戸のいう武士道もまた、神を信ずるかわりに人を信じたところに成立した自己修練の道であった。人の期待を裏切ってはならぬとする、激しい思いを抱いて生きる道徳の道であった。

ふたたび佐藤忠男の評言にもどっていえば、『沓掛時次郎』の主人公は、自分が斬った男のいまわのきわの頼みをきいて、それをその後の自分の生き方の根にすえようと決心する。これはほとんど常識をこえる異様な場面であるが、人間の「想い」にモラルの根拠をおく考え方を凝縮したものだと氏はいっている。

けれども、どうだろう。神を信ずるかわりに人を信ずる思想というのは、何とも哀しい思想ではないか。なぜなら、人間ほど頼りにならない存在はないからだ。神の秩序はそうそう簡単に消滅したり崩壊したりするものではないが、それに比して人の秩序はいつでもガラガラと崩れ、あとかたもなく潰《つい》え去る運命にさらされている。神を信ずるかわりに人を信じてきたとはいっても、本当のところをいえば、神を信ずることができないからせめて人を信ずるほかはない、という断念に支えられた考え方なのではないだろうか。

たとえ人の思いに添おうとしても、たとえ人の期待を裏切らないように生きようとしても、その思いや期待をたちまち吹きとばしてしまうような無情の風がいつ襲ってこないともかぎらない。その無情の風がさらに、人の世の無常の思いをかきたてるのである。

義理人情の世界の危うさ、哀しさが、そこにあらわになる。武士道の思想の、かならずしもモラルという器には盛りきれない哀れさ、はかりがたさが鎌首をもたげてくる。それがそもそも、人を信ずるほかなかったものたちの宿命なのではないか。人の想いと怨みを唯一の頼みの綱として、自分の行動を定めようとしてきたものたちの運命だったのではないか。その哀しい危うさを生きるほかなかったものたちの背中にむかって、無情の風が吹く……。

黒澤明の『虎の尾を踏む男達』においても、長谷川伸の『一本刀土俵入』においても、いずこともしれず落ちていく主従や親子の背中に吹きつけていたのが、そのような風だったのではないだろうか。神を信ずるかわりに人を信ずるほかなかったものたちへの、最後の慰藉《いしゃ》の風でもあった。それは、「前近代」から「近代」へとつづく歴史の深層を、一瞬もとだえることなく吹きつづけた風であったと私は思うのである。

遠景のなかの仏教

もう一つ、長谷川伸の書いたものに『刺青奇偶《いれずみちょうはん》』という二幕七場の芝居がある。昭和七（一九三二）年の作だが、この年の六月、六代目菊五郎が歌舞伎座で主人公の半太郎役で初演している。

半太郎はばくち打ちの旅にん。武州狭山《さやま》で、義理と恩とで悪い奴を三人斬り、そのまま姿をくらましていた。そして江戸に舞いもどってくる。

たまたま下総行徳《しもうさぎょうとく》の船着場で、身投げをしたお仲を水に飛びこんで助けあげる。みると、これまた渡り歩きの茶屋女。お仲は気っ風のいい純な気持の半太郎に一目惚れし、無理矢理あとにくっついていき、かれのあばら家までやってくる。だが凶状持ちの半太郎には訴人があって、追手が迫っている。それを知らせようとして母親のお作も、息子のあばら家へと忍び寄る。

「……半太郎や――、半太郎。そこらにいるのなら早く逃げのびておくれ……」

大詰で、舞台の袖を一人の雲水《うんすい》（諸国を修行して歩く僧）が雨のなかを飄々《ひょうひょう》と通っていく。半太郎とお仲が肩を寄せ合って登場。けれどもお仲はすでに不治の病におかされ、あばら家で医者に看てもらっている。間近に迫った死を覚悟しているが、半太郎のばくち狂いが気がかりで、突然のように、半太郎の右腕に骰子《さいころ》の刺青を彫りたいといいだす。自分が死んだあと、丁半《ちょうはん》渡世をやめてくれという思い入れだ。タイトルの「刺青奇偶」というのが、そこからきている。そのとき、窓の外で、行乞僧《ぎょうこつそう》の読経の声がする。

場面が転換して、品川あたりの寺院がみえ、その横裏に六地蔵が立っている。そばに桜の大樹がそびえ、木の下に半太郎の父・喜兵衛と母のお作がやすんでいる。ちょうど廻国巡礼を終えたあとだ。その廻国巡礼は息子の半太郎探しの旅でもあった。だがそれも、もうあきらめている。

喜兵衛とお作が地蔵を拝んで去ったあと、賭場荒しをして追われた半太郎があられもない姿であらわれる。博徒たちのメッタ打ちにあい、髪が乱れ衣類が破れ、腕に彫られた刺青がみえている。私刑《しおき》で痛めつけられているところへ、親分の政五郎があらわれ、そんなに銭が欲しいのかという。女房のお仲の薬代、そのお仲の諫言《かんげん》で彫った刺青、……話を黙ってきていた親分が最後になっていう。——そのお前さんの命を賭けて丁半をやらないか。お前さんが負ければ、オレの子分になる。オレが負けたら、銭をやろう、どうだ。

うなずく半太郎をみて、政五郎は子分に、そこのお地蔵さんから茶碗をお借り申せという。子分の壁吉が六地蔵の前に供えられていた茶碗をとりあげ水をあけると、それがそのまますサイコロをふる容れ物に早変りする。半太郎は刺青の腕を軽く叩いて瞑目《めいもく》し、頭のなかのお仲にむかって、これっ切りだといい、茶碗を伏せる。

勝負が終ってみると、「半」と叫んだ半太郎が勝っていた。政五郎が懐中からずっしり重い財布を出し、その結末をみこしていたような思い入れで半太郎に渡す。打ちすえられたからだの苦痛をこらえ、よろめく足どりで半太郎が去っていくと、そこへさきの喜兵衛夫婦があらわれる。去っていく旅にんが半太郎だとは心づかずに、そのまま黙って見送っている。幕切れの場面である。みての通り、物語はヤクザの人情ばなしだ。男と女の、そしてもうひとつが親分と若い渡世人の、今では廃れてしまった、しかし昔はどこにでもあったような人情ばなしである。

＊

話の筋もいたって単純で、こんぐらかるような糸のもつれもない。しかし作者はこの単純な話の流れに、目立たないアクセントのような仕掛を挿入している。目をこらさなければ見すごしてしまうような仕掛だ。

そのひとつが、一人の雲水が、雨のなかを飄々と通っていく場面だ。雲水はむろんひと言も喋らない。作者はト書きで、その風景の向こう側に、神社かお寺がみえるようにと指示している。その雲水が通っていったあとに、半太郎とお仲が一枚の蓆《むしろ》にくるまって肩を寄せ合うように登場するのである。

二つ目が、自分の余命をさとったお仲が半太郎の腕に骰子の刺青を彫る場面である。そのとき、かれらのあばら家の窓の外を、行乞僧の読経の声が過ぎていく。この読経僧はさきの雲水とは別人なのであろう。雲水は黙ったまま去っていくが、行乞僧は読経の声をのこして去っていく。

三つ目が、喜兵衛、お作の老夫婦が廻国巡礼の姿であらわれる場面だ。寺のわきに六地蔵が建てられ、桜の大樹がそびえている。この地蔵も、何ごとも語らない。

最後が、地蔵の前に供えられている茶碗である。それがやにわに、丁半賭博の容器に早変りする。ここでも、勝負のはじめから最後までを地蔵が黙って見下ろしている。

このようなさり気ない仕掛を、作者は芝居を構想するはじめから胸に抱いていたのであろう。それは舞台の効果をあげるための仕掛だったのだろうか。おそらく、そうではあるまい。そこに出てくる雲水と、行乞僧の読経と、そして六地蔵は、けっしてたんなる舞台効果のための背景でもなければ、たんなる小道具的な装置でもなかったはずだ。

それはたしかに、舞台の前面で演じられている人情ばなしのはるかな遠景に、さり気なくそっとおかれている光景であり、霞んだような景色ではある。気がつかなければ、つい見のがしてしまいそうな遠景である。けれども、もしもこの遠景がなかったら、この芝居の語りの世界はすくなからず軽いものになってしまうのではないだろうか。そのような点景がそこにおかれていてはじめて、こころが通うような、物語の全体を暖かく包みこむような、そういう生き生きした息吹きが生まれてくる。

端的にいって、雲水や地蔵は人情ばなしの遠景につつましく身を退いている。だが遠景に退いていることで、物語の展開に人間の濃い影と人情の風が吹きこむような具合になっている。物語のなかでものをいうのは半太郎やお仲、そして政五郎などの人間たちであり、遠景にたたずんだり、そこを通りすぎていくものは一切語ることがない。近景の人物たちはせわしなく動き廻り、はげしい言葉を投げ合うけれども、遠景から言葉が舞いこむことはない。ときに、ただ読経の声がきこえてくるだけである。

遠景のなかに遊泳しているような仏教、といってもよい。軽々しい言葉をもはや発することがなくなったような仏教、である。こうした仏教は長谷川伸の意識の前面にあらわれでていたわけではない。それは背後でかすかに感じられるもの、自分が立っている地面の底の方からかすかな震動のようにきこえてくるものだったにちがいない。

このような感覚は、おそらく長谷川伸だけのものではなかったろうと、私は思う。この時代の日本人の、ごく普通の感覚だったのではないか。それは同時に、いくぶんかは今日のわれわれの感覚でもあるだろう。

それにしても、わが国の仏教はいつごろからこのように遠景に退きはじめたのであろうか。それはいったいどうしてなのか。長谷川伸の芝居に描かれているような仏教の由来である。

それが、よくわからない。が、思案がないわけでもない。見当をつけるぐらいのことしかいえないのだが、それは謡曲の世界にまでさかのぼって考えることができるかもしれない。能の舞台では諸国一見の僧が登場してきて、いつでもワキの座に退いて、男と女たちの入り乱れた物語の展開をじっと見守っている。そのワキの僧は、積極的にものを語らない。ワキの領域を守る、遠景としての僧だ。

中世の能というのがいささか迂遠《うえん》であるというなら、浄瑠璃や歌舞伎の近世まで時代を下げてもよい。たとえば近松の心中物では、血の雨を降らすような修羅場のかげから、静かにくぐもるような念仏の声がきこえてくる。鶴屋南北《つるやなんぼく》の芝居でもそうだ。そのような遠景をしだいに浮きあがらせていく仕掛や装置は、その後の黙阿弥《もくあみ》の生世話《きぜわ》の舞台でも同じような効果をあげている。

が、ここでは、長谷川伸の芝居の骨法が能、浄瑠璃、歌舞伎の系統を引くものだということをいおうとしているのではない。そうではなくて、遠景のなかに描きだされる僧や読経や念仏の味わいというものが、日本の仏教の伝統のなかに確かなものとして存在し、民衆の意識に大きな影をおとしつづけてきたのではないか、ということを指摘してみたかったのである。

今日、仏教を再評価しようとする場合、しばしば知の体系としての仏教の可能性を探ろうとする動きがみられる。それはそれでよい。「はじめに言葉ありき」は、何も聖書にかぎられることではないからだ。そしてその「はじめに言葉ありき」が、仏教の歴史にも光彩陸離《りくり》たる輝きを添えてきたことも確かなことである。まさに近景のなかの仏教の輝きであったといってよいだろう。

しかしながら本当のことをいえば、そのような近景のなかの仏教が輝きつづけることができたのも、さきにみてきた遠景のなかの仏教を人びとが胸の内にじっと抱きしめて生きてきたからなのではないだろうか。遠景のなかの仏教を忘れちゃいけませんぜ、と草葉の陰の長谷川伸がいっているようだ。

身もだえの話

平成十一（一九九九）年の八月に、浪曲家の春野百合子《はるのゆりこ》さんにお目にかかった。現役では、この世界でもっとも活躍されている第一人者ではないだろうか（注・二〇一六年没）。お話がとても面白かった。意表をつかれることもあった。子どものころ胸につよく刻まれ、しかしその後すっかり忘れていたようなことが、なつかしくよみがえってきた。そんな経験は、このところほとんどなかったような気がする。

お目にかかる前に、春野さんの浪曲をいくつか聴いてみた。男と女の悲恋を語る『樽屋おせん』に思わず涙が出た。堀部安兵衛の仇討で胸をワクワクさせる『高田の馬場』もすばらしかった。『藤十郎の恋』も菊池寛原作のものだが、しみじみと聴くことができた。どれも歌舞伎や講談でとりあげられ、よく知られた話だったのである。

私自身のこととしていえば、テレビのなかった戦時中、ラジオから流れてくる二代目天中軒雲月《てんちゅうけんうんげつ》（のちの伊丹秀子《いたみひでこ》）の『杉野兵曹長の妻』を、母といっしょに聴いていたことが忘れられない。当時、国民学校に通っていた私は、学校では、大正元（一九一二）年に文部省唱歌としてつくられた「広瀬中佐」をうたっていた。日露戦争で、旅順港口を閉塞《へいそく》する部隊の指揮をとって戦死をとげた広瀬武夫《ひろせたけお》のことである。

かれは、ロシア駐在武官として活躍した教養ある武人だった。その広瀬中佐が最後に船を離れようとしたとき、部下の杉野兵曹長の姿がみえないことに気づく。船内をくまなく捜索してもみつからない。ついにあきらめて引き揚げようとしたとき、敵の弾丸にあたって戦死する。やがてかれは「軍神」として祭りあげられ、その最期を写す場面が小学唱歌になっていたのである。

唱歌のなかでは、血まなこになってさがす広瀬中佐の叫び、「杉野は何処《いずこ》、杉野は居ずや」の一行だけが、わずかに杉野兵曹長の姿をかいまみせているところだった。ところが天中軒雲月が語る浪曲の方では、唱歌に語られている軍神の武勲談とは打って変って、杉野兵曹長とその妻の物語が大きくクローズアップされている。かれら二人の悲しみのこころに寄り添うような物語に仕上がっている。私の母が唱歌の方にではなく、「兵曹長の妻」の後日譚の方に耳を傾けていたのもそのためだったのだろう。

そんな思い出話に花が咲いたとき、春野さんがポツリといわれた。

私は、あの「浪花節《なにわぶし》的」という言葉が嫌いなんです。安っぽい人情を、そんないい方で表現しようとする。とくにインテリの方たちが、そういいますよね。誰も「義太夫的」とも「歌舞伎的」ともいわないんです。たとえ同じ題材を扱っていても、それが浪曲となると、とたんに悪口のように「浪花節的」という……

戦後になって、浪曲は転落の道をたどる。軍国主義時代の軍事浪曲、愛国浪曲という非難のツブテが飛んできた。封建道徳のナニワブシ、という陰口、そしてあからさまな嘲笑、罵倒の矢面にそれは立たされてきた。

しかしよくよく考えてみれば、われわれの周辺には杉野兵曹長やその妻のような、戦争を底辺で引き受け苦しんで犠牲になった人びとがたくさんいたのである。そういう人びとの悲しみや苦しみを思いやることなく、ただ「浪花節的」と軽蔑のまなざしで見下し、それをなにか「民主主義的」な風潮の対極にあるもののようにみなしたのは、むろん私自身を含めてのことなのだが、やはり軽薄なことだったというほかはない。そして、そのとき、春野さんがいったつぎの言葉が、記憶にのこったまま離れない。——人は浪曲を古いというけれども、浪曲は人間の「身もだえの話」なんです。いつの時代でも変らないはずのものです。「身もだえの話」という言葉が、身にしみた。「身もだえ」というのは人情の深さを表現した、狂おしいような思いにちがいないと思ったのである。その点では、シェークスピアの悲劇の場合でも近松門左衛門の浄瑠璃の場合でも変りはない。近松といえば、すぐにも「義理人情」といったキマリ文句が返ってきそうだが、これはあたらないだろう。

前章でもふれたが、義理のしがらみにたいする人情、といったようなことをよくいうけれども、しかし前面にどんな義理が立ちはだかろうと、最後はそれをのりこえて死んでいく、そこにこそ人情の行きつく彼岸があるというのが、近松の世界だった。人情が死の瀬戸をこえて義理を克服していく道のり、それが近松悲劇の道行きというものだったと思う。そのことにこころをとめるとき、「義理と人情をはかりにかける」功利主義的な解釈が、いかに浅薄なものであるかということがわかる。そこからは、弱者への愛、敗者への共感といった人情の炎の輝きが立ち昇ってくるはずはないだろう。近松をシェークスピアに近づけようとするのではなく、それとは逆に遠ざけよう遠ざけようとしたはてにたどりついた誤解の岸辺が、そういう解釈だったのではないか。

ちなみに、ちょっとリクツをつけ加えると、浪花節のもとは祭文《さいもん》やチョボクレだったという。民間信仰や遊芸の世界で語られてきたものだ。私のふるさとに近い東北・下北半島の恐《おそれ》山《ざん》では、お盆の季節になるとイタコさんたちがやってきてホトケオロシをする。死んだ人のタマを呼び寄せる口寄せのことだ。その年に死んだ人（新仏《にいぼとけ》）が何をいいのこしたいのか、近親者に語ってきかせる。そのときイタコさんが語るのを「祭文」といったのである。この世とあの世を結ぶ一種の霊界物語といってもいい。もしも浪花節がそういう伝承に直接つながっているものとすると、その語りには死者たちのタマと交感、交流する性格がのこされていることになる。浪曲の魂が「身もだえ」にあるといった春野さんの言葉に不思議なリアリティーがあるのもうなずかれるのである。

＊

春野さんはこのところ、女子大学などに呼ばれて浪曲を語ることがあるのだという。このごろの女子大生は、さすがに浪曲という芸があることを知ってはいるのであるが、しかし実際に聴いたことのあるものは皆無であった。ところが講堂で語ってきかせると、これがもの凄くうけたといっておられた。

浪曲が女子大生にうけたのは、何よりもそれが五七調で語られたからではないだろうか。その語りを聴いていて、快いリズムにからだがゆすられたのだろうと思う。講談や落語をきく場合とも変らなかったはずだ。五七調のリズムといえば、これはむろん万葉の昔にさかのぼる。わが国における和歌のリズムは、ほとんどわれわれが日常的に呼吸しているリズム、すなわち生命のリズムと一体化してきたといっていい。「源氏」や「平家」のような物語も、謡曲や浄瑠璃のような語り物も、みなそうだった。それをはっきりした口跡にのせて明瞭闊達に語るとき、相手の胸中にくっきりしたイメージが喚起される。われわれの伝統芸能は、そのようなやり方で歴史に登場するさまざまな感動的な場面を再現してきたのである。春野さんの語る、『高田の馬場』や『樽屋おせん』である。

私がまだ旧制中学のころ、国語の先生が授業のはじめにかならず島木赤彦の歌を黒板に大書し、それを何度も朗誦されたことを、いまあらためて思いおこす。そのことについてはさきにもふれたのであるが（第二章）、当時、斎藤茂吉の『赤光』に親しんでいた私にとって、それがいつも赤彦の歌であることが不満の種であった。しかしそのような授業のおかげで、私なども日本語のリズムを身につけることができたのかもしれない。そう考えつくとき、今日の教育現場に失われているものが、そのような生命リズムを介した講義や授業ではないかと思わずにいられない。散文的で単調なリズムで講義がおこなわれるとき、その内容が相手のこころにとどくことはまずないのである。ものごとを説明する教師はたくさんいるけれども、それを固有のリズムにのせて語る教師は稀にしかいない。

もう一つ、春野さんのお話で知ったのだが、浪曲では「一声、二節、三啖呵《たんか》」ということがよくいわれるという。テーマや物語も大切な要素ではあるが、それよりもまず声がよくなければならない。いくらいいテーマでも、それが整った声で語られないとお客は聴いてくれない。つぎにくるのが節廻し。一般に浪曲は、落語や講談と同じように一連の語り物であり、同じ節廻しと思っている人が多いが、しかし実際はそうではない。というのも浪曲の場合、節の部分は完全に音楽になっているからだ。つまり、ミュージカルに近いとおっしゃる。語り物は語り物にちがいないのだけれども、しかし舞台のセッティングなども落語や講談と明らかにちがっている。

そして第三に「啖呵」とくる。浪花節のリズミカルな流れにメリハリをつける科白《せりふ》廻しがタンカであるといっていいだろう。物語の主題がそこでくっきり立ちあがる瞬間であるが、そのタンカにはおのずから節（＝音楽）がついているのだという。つまり、オペラにおけるアリアの詠唱といったものに近いということなのだろう。そしてこの浪曲をミュージカルに見立てれば、タンカの口調もブロードウェイの舞台にのせることができるはずである。

ともかく、浪花節を聴いていて耳に響くあのタンカの快さは、実際にタンカを切ったことのある者でなければわからない。昔は私も喧嘩やいい合いで、弁天小僧や幡随院長兵衛《ばんずいいんちょうべえ》のようにタンカを切って精神の洗濯をしたことがあったのだが……。あれから長いあいだ、そういう経験とはとんと無縁のまま、その日その日を送ってきてしまった。

「一声、二節、三啖呵」――この三原則を日常のなかにとりもどしたい、そういう内心の声が、いま切実にきこえてくるのである。

人情の極致

このごろ、子どもの教育や家族の問題で相談をうけることが多くなった。私にはそもそも、何の成算も道標ももちあわせがないのだが、それでもご婦人がたからの質問や詰問に悩まされることがすくなくない。

そういうとき私は、理屈はいわないことにしている。教育や家族にかんするあれこれの専門書や参考書の名を挙げて意見を求めてくる人もいるけれども、私は首を横にふるだけだ。横にふってから、山本周五郎の小説『日本婦道記』をそっと差しだし、勧める。『日本婦道記』は山本周五郎の代表作ではないかもしれない。しかしこれからは、しだいに代表作の一つに数えられることになるだろうと勝手に信じている。

この小説は連作読み切りとして昭和十七（一九四二）年に書きはじめられ、敗戦後の昭和二十一年まで総数三十一編に及んで終結したものだ。作者はそのなかから十一編を選んで、新潮文庫に入れ、定本とした。ちなみに『日本婦道記』は第十七回直木賞に推されたけれども、作者は辞退している。

この作品は、さむらいの妻たちの話を集めた短編集である。その妻たちの人情と献身の姿を、美しくそして鮮やかに刻みあげた物語の集成だ。かつてこの小説の評価をめぐって、たんなる教訓物語ではないか、しかも女だけが不当な犠牲を払わされているといって、きびしい批判の声があがった。そんな道徳的な貞女物語を読んで、現代の女性たちが満足するはずがない……。

あるいはそうかもしれない。その批判は当たっているのかもしれない。しかしながら私は、この作品を何度読み返しても、目が釘づけになるような箇所にくるたびに、胸にこみあげてくるものに圧倒される。思わず涙がこぼれでてくるようなこころの震えを覚える。たんなる教訓物語や貞女物語を読んでいて、そんな感動に襲われることなどまずありえないことではないか。

作者は日ごろ、日本女性の美しさは、連れ添っている夫も気づかないところにもっとも美しい姿であらわれる、といっていたそうだ。それは、作品のなかにちりばめられている人情の極致、献身の深さといったものによってつむぎだされているのであるにちがいない。

さきに、この短編集の主人公はさむらいの妻たちだといったけれども、本当のことをいえば、さむらいの魂が妻たちのからだに乗り移って、目から鱗が落ちるような物語が展開されているのである。

『日本婦道記』のなかの短編はどれも好きなのであるが、とくに一編を挙げよといわれれば、私はためらうことなく「不断草《ふだんそう》」を選ぶ。

ところは東北の米沢《よねざわ》藩。藩主が名君のほまれ高い上杉治憲《うえすぎはるのり》（鷹山《ようざん》）のころの話である。藩士・登野村三郎兵衛は執政の千坂対馬に認められ、奉行所でかなり重い役目を与えられていた。その三郎兵衛に望まれて、同じ藩内の三十人頭・仲沢庄太夫の娘・菊枝が嫁入りしてきた。

しかし縁組が整って百五十日ほど経ったころ、突然、離縁ばなしがもちあがる。夫の三郎兵衛と姑《しゅうとめ》の態度がにわかに改まって邪険な扱いが目立つようになった。こころならずも実家に戻された菊枝は、鬱々とした日々を過ごす。

じつは藩内には、守旧派と改革派に分かれた政争が渦を巻いていたのだった。改革派に与《くみ》していた菊枝の夫は執政らとともに、覚悟の上の戦いに敗れ、追放の身になる。そのことをあらかじめ察知していたために、菊枝を離縁に追いこんだのだった。

やがて真相を知った菊枝は、自分の名を隠したまま、一人ずまいを余儀なくされていた姑の身の回りの世話をするようになる。姑は目を患っており、足元も定かでない生活を送っていたからだ。姑は以前から不断草を好んで食べていた。そのことを知っていた菊枝は、その種子を庭にまき、その香ばしい草を料理して姑の食膳にのせるようになる。

それから五年の星霜が過ぎた。

各地を転々と流浪の旅をつづける夫からは、姑にあてた便りがとき折り寄せられていた。あるとき、その夫が病に伏しているという知らせがとどく。姑が菊枝をそばに呼んだ。すぐに、看病に行くように、という言葉がその口元からもれた。菊枝があっと息を引くように驚くと、姑がいう。

「わたしは、ねえ菊枝どの、わたしは此処《ここ》へ移るとすぐから、きっとあなたが来てお呉れだと思っていました。……わたしはあなたのお気性を知っていましたからね」

みられる通り、ここには姑と嫁のこころの交流がしみ入るような筆で描かれている。それが婦道の鑑といってもいいような話になっているのである。たしかに、そうであるにはちがいない。しかしながら私がこの作品に魅きつけられるのは、あえていってみればそこに、たったひとりで夫を思いつづける女人のこころの世界が鮮やかに浮き彫りにされているからである。あるいは、ひとりで人を思いつづけるこころの潔さと寂しさといってもいい。その潔さと寂しさが、深い鈍色《にびいろ》の輝きを放って私のこころを打つからなのである。

○付記

ちなみに、『日本婦道記』は世論時報社というところから英語版が刊行されているという。なお「不断草」は、浪曲家の春野百合子さんが新作浪曲として語っておられる。

第七章　眼差しの記憶

司馬さんの鋭い眼差し

東京のＮＨＫから、司馬遼太郎さんとのテレビ対談のお相手をしてみないか、という申し出があったのが、たしか一九九五年の五月のことだったと思う。この年の一月に、大きな地震が阪神・淡路を襲った。三月になって東京では、オウム真理教による地下鉄サリン事件が発生していた。

世間でも、マスコミでも、日本人の宗教を問う声が一斉にあがり、日本人のモラルが論議のまな板にのせられるようになっていた。それで、対談のテーマが、「宗教と日本人」というところに落ち着いた。放映に当たって、主題は三つに分けられた。

一、神仏を捨てた日本人
二、天然の無常——明治知識人のジレンマ

三、宗教はなぜ対立を生むのか

その対談のときまで、私は司馬さんとは一度しかお目にかかっていなかった。それも、ごくわずかの時間、言葉を交わしただけだった。なぜ、対談のお相手をすることになったのだろうか。ともかく、その話がでてから、私は緊張した。オウム事件の黒い不気味な影が、日本の社会を大きく覆いはじめていた。その重圧を背景に、日本人と宗教について司馬さんと語り合わなければならないということに、私の神経はいら立っていた。

対談は六月二十日、大阪のロイヤルホテルの一室でおこなわれることになった。話がもち出されてから、三週間も経ってはいなかったと思う。対談はほぼ三時間半、途中わずかなコーヒー・ブレイクをはさんだだけで、ほとんどぶっつづけにおこなわれた。

カメラを前にしての長時間の対談は、私にははじめての経験だった。その間、私は、司馬さんの大きく見開かれた鋭い両《ふた》つの眼球と対面していなければならなかった。終始、真剣な眼差《まなざ》しだった。そのときの光景がよみがえると、今でも背中に冷汗が流れる。

収録が終って、食事をすることになった。NHKのスタッフの方々、関係者の方々とホテルの地階に降りた。そこのレストランのビフテキが旨いんですよ、という司馬さんの誘いにのったのである。司馬さんは食事の席でも、とても元気そうだった。ただ対談中の、あの怖いような眼差しだけは、もうすっかり消えていた。

いつのまにか、司馬さんの巧みな話に惹きこまれていた。そのほとんどが体験を交えた裏話である。なるほど、座談の名手とはこういうものか、とひそかに舌を巻いた。そのなかで、今でも私の記憶に刻みつけられている話題がある。

司馬さんが『王城の護衛者』を書いたときのことだった。四十代半ばの仕事である。幕末の激動期に、京都守護職として王城鎮護の使命に身を挺した会津藩主・松平容保《まつだいらかたもり》の生涯を描いたものだ。忠誠心に殉じた悲劇の物語である。

この作品を書きあげてまもなく、司馬さんは突然、高松宮妃《たかまつのみや》からプライベートな食事に招かれたのだという。はじめは半信半疑の気持であったが、やがて納得するにいたった。その私的な会食の席には秩父宮妃《ちちぶのみや》も同席されていた。そのときの模様を再現する司馬さんの語り口を、その通りに伝えることができないのがもどかしいが、冒頭、高松宮妃が、あのような作品をお書き下すって、とてもありがとうございました、とお礼をいわれた。「私どもは、あちらの方ですから……」

もの静かで、婉曲《えんきょく》ないい方ではあったけれども、司馬さんはそのときすべてを悟ったという。高松宮妃は、最後の将軍・徳川慶喜《とくがわよしのぶ》の孫にあたる方だった。そして秩父宮妃もまた、昭和初年代に駐米大使をつとめた松平恒雄《つねお》（容保の四男）の長女にあたる方だったからだ。

「戊辰《ぼしん》戦争（一八六八〜六九年）の残照というか余韻が、そういう形で皇族方のあいだにまだ残っていたのですね」。司馬さんは、あの大きな目を細めるようにして、そういったのである。

＊

私はこれまで、現代日本の国民文学には二つの流れがあると思ってきた。一つは司馬遼太郎の世界。そしてもう一つが山本周五郎の世界である。この二人によって書かれた小説をなぜ国民文学と呼ぶのかといえば、それがさまざまな階層の多くの日本人によって読まれつづけてきたからである。そしてその小説に登場する主人公たちの生き方が、われわれを励まし、勇気を与え、日常生活の指針となるような知恵と忍耐と義侠心を教えてきたからである。

近年、わが国においてあいついで引きおこされている異常な事件や破廉恥《はれんち》な行動が、マスコミと世間によって非難され十字砲火を浴びている。当然のことだが、そのようなときしばしば日本人における倫理観の喪失、宗教心の不在といったことがいわれるようになった。経済成長だけを目標に突っ走ってきたはてに、精神の荒廃という現実に直面して、愕然《がくぜん》としているといった図である。

なるほど、いわれてみればその通りであると思う。たしかに事態は深刻の度を増している。けれどもその反面で、日本人はそのような危機的な状況に足をとられたまま溺れ死にするようなことはないだろうとも思う。なぜなら、今なお山本周五郎と司馬遼太郎が読まれつづけているからである。かれらの人気がいささかも衰えていないようにみえるからである。

ひょっとすると、山本周五郎と司馬遼太郎の作品は、現代の日本人にとって倫理的な道標の役割をはたしているのではないだろうか。一種の宗教心のようなものを喚起させているのではないか。

もちろん山本周五郎と司馬遼太郎とでは、小説の味わいも趣向も違う。テーマの選び方も扱い方も相違している。山本周五郎の身上とするところは、人情の機微に分け入り、市井のすみずみにまで神経をとどかせる、きめ細かなストーリー作りにあるといっていいだろう。それにたいして司馬遼太郎の得意とするところは、屈曲する歴史の流れを鳥瞰《ちょうかん》し、そこに登場する人物たちの行動を円転自在に活躍させる点にある。あえて対照させていえば、山本周五郎には沈着冷静な目線の低さを、司馬遼太郎には豪放闊達《ごうほうかったつ》な志の高さを感ずる。

ただ、山本周五郎からは藤沢周平《ふじさわしゅうへい》という手練《てだれ》の第二走者が跳《おど》り出たが、どういうわけか、司馬遼太郎にはバトンを受けとるランナーがまだあらわれてはいないようにみえる。司馬遼太郎死すの報に接し、世間に喪失の嘆きが広がったのもあるいはそのためかもしれない。それは、現代日本の倫理を象徴する砦《とりで》の一角が、アッという間に崩れ落ちたことにたいする嘆きの声だったのではないだろうか。

今この時点で、山本周五郎の一冊を選べといわれれば、私はためらうことなく『さぶ』の名を挙げる。それにたいして司馬遼太郎の一冊をと問われれば、ちゅうちょすることなく、『故郷忘じがたく候』（一九六八年刊）に指を屈する。

『さぶ』については第二章の「友情の語り方」で紹介した。ここでは司馬遼太郎の『故郷忘じがたく候』を見てみたい。私には、この、小説のような評伝のような作品の一場面一場面が、それこそ脳中にこびりついたまま、いつまでも忘れがたいのである。

*

今の鹿児島県、串木野《くしきの》市（現、いちき串木野市）近く、その丘陵地帯のあたりに苗代川《なえしろがわ》（現、日置《ひおき》市東市来《ひがしいちき》町美山《みやま》）という村がある。村の住民はすべて沈氏、朴氏、金氏など韓国風の姓名をもっている。三百七十年前、太閤秀吉の軍が朝鮮半島に殺到したさい、南原《ナモン》城（全羅北道）で捕らえられ、拉致《らち》され、ついにこの薩摩にまでつれてこられ帰化せしめられた人びとの後裔《こうえい》である。以後かれらは江戸時代から今日にいたるまで姓名を変えようとせず、主に陶磁をつくる職人として日本に土着した。薩摩藩の手厚い保護政策もあって、住人たちの誇りは失われることがなかった。その村に鹿児島県旧士族沈寿官《ちんじゅかん》氏の家がある。代々陶芸の技術をもって生をつないできたが、その第十四代当主と作者との出会いから、『故郷忘じがたく候』が誕生した。

この地の韓人たちが作ってきた白焼の茶碗は「白薩摩」の名をえて、すでに江戸期から世界に知られていた。なかでも十二代の沈寿官氏が作った白薩摩は慶応三（一八六七）年パリで開かれた万国博でも、明治六（一八七三）年オーストリアで開かれた万国博でも異彩を放ち、人びとの目を奪った。

司馬さんが逢った十四代の当主もまたその伝統をつぐ。早稲田大学政経学部を出て帰郷し、「茶碗屋」の道を一筋にすすんだ。その十四代が子どものころのことを語った。苗代川小学校を出て、六里むこうの鹿児島市内にある旧制二中に入学したときのことだ。入学早々、教室に上級の者数人がやってきて、このクラスに朝鮮人がいるだろうといって引きずり出し、寄ってたかって殴りつけた。かれは自分が日本人ではないなどとは夢にも思っていなかった。血まみれになって帰ってきた子どもに、十三代の父親がいった。

——お前の血には朝鮮貴族の血がけがれもなく流れちょる、まあ聞け、……一番になるほかなか、けんかも一番になれ、勉強も一番になれナ、そうすればひとは別な目でみる、撥《は》ねかえすほかなかなか……。

少年は長じて十四代沈寿官氏を継ぎ、昭和四十一（一九六六）年、韓国の美術研究者たちに招かれて渡韓した。その日程にソウル大学での講演があった。通訳を介した話の最後で、私には韓国の学徒諸君への希望があるといってつぎのように語った。

——韓国の若い人の誰もが口をそろえて三十六年の日本の圧制についていう。もっともであり、その通りであるが、しかし、「あなた方が三十六年をいうなら、私は三百七十年をいわねばならない」。

そう結んだとき、聴衆は拍手をしなかった。しかし、やがて会場のすみずみから歌が湧きおこり、講堂をゆるがせた。沈氏に贈る学生たちの友情のあかしであった。沈氏は壇上で呆《ぼう》然《ぜん》となり、大合唱が終るまで身をふるわせて立ちつくしていたという。

丸山政治学と司馬文学

司馬遼太郎さんは、日露戦争までの日本は正常であったといっている。それが日中戦争あたりからおかしくなってくる。関東軍が暴走し、統帥権《とうすいけん》が化け物のように肥大化し、ほとんど思想的な凶器となって国の運命を狂わせていく。その日本国家における正常から異常への急旋回を象徴するような出来事が、たとえばノモンハン事件（一九三九年）であった。

なぜ、ノモンハン事件のように向こう見ずの愚行がひきおこされたのか、それが司馬さんの晩年における課題だったのだが、よく知られているように、その主題はついに小説にされることがなかった。現地に取材し、資料を集めつくしていたにもかかわらず、その事件の全貌を正面から語ることをしなかった。日本国家の無惨な自画像に対面するのに耐えられなかったのかもしれない。司馬さんの後につづくように同じ年（一九九六年）の夏に亡くなった丸山眞男《まるやままさお》さんも、同じような問題意識をもっていたのではないだろうか。

一九三〇年代になってにわかに牙を研《と》ぎはじめる日本ファシズムは、いったいどういう背景のもとに登場してきたのか。その謎の本質に迫ろうとして書かれたのが、「超国家主義の論理と心理」（『現代政治の思想と行動』未来社、所収）という論文であった。政治における無責任体制と思想における自立性の欠如の問題が、そこで論じられていたのである。

司馬さんも丸山さんも、いわば日本現代史の謎というか恥部について、同じような関心を寄せていたということがわかるだろう。司馬文学を丸山政治学と並べてみると、そこからはまるで異なった眺望があらわれてくるようにも思われるのだが、しかしそこには同時に、つばぜり合いをするような形で接触する領域がなかったわけではない。単純化していえば、一九三〇年代以前の日本とそれ以後の日本、というテーマである。

しかしもしかすると、両者における類似点はせいぜいそこまでであるのかもしれない。なぜなら今のべたような形で浮きあがる唯一の接点を別にすれば、両者の歴史を見る見方、日本人を見る眼差しにはむしろ相違の面の方が目立つようにみえるからだ。

私は司馬さんの『坂の上の雲』を読んでいて、しばしば驚かされ、蒙をひらかれた。その一々について語っていけばキリもなくなる。そのなかで今でも忘れ難いのは、空前の流血と犠牲を強いられた旅順の総攻撃を語っているつぎのような条《くだり》である。乃木軍の最高幹部の無能ぶりが、司令官の乃木希典《のぎまれすけ》、参謀長の伊地知幸介のそれを含めて詳細に描きだされているところであるが、そのなかで司馬さんは、ふと吐息をもらすようにつぎのように書いているのである。

驚嘆すべきことは、乃木軍の最高幹部の無能よりも、命令のまま黙々と埋め草になって死んでゆくこの明治という時代の無名日本人たちの温順さであった。

（『坂の上の雲』四、文春文庫、一七四頁。傍点筆者）

「明治という時代の無名日本人たちの温順さ」という言葉が、目に痛い。とりわけ「温順さ」といういい方に胸をつかれる。それを司馬さんは、「民は倚《よ》らしむべし」という徳川三百年の封建制によって培われたお上《かみ》への怖《おそ》れと随順の美徳に由来する、といっている。そしてそのような心情が、明治三十年代になってもまだ兵士たちのあいだで失われずにいたのだと断言している。

おそらくそうなのであろうと、私も思う。けれども、それにしても、「明治という時代の無名日本人たちの温順さ」という表現を、いったいどのように解したらよいのか。というのもそこには明らかに、死んでいった無名の同朋たちに寄せるひそかな共感、作者の暖かい思いやりのようなものが流れているからである。「徳川三百年の封建制」が落とす濃い影をそこにみとどけながらも、無名の庶民たちの類いまれな「温順さ」をほとんど両手両腕ですくいあげている。

同じような感想が、二〇三高地の戦いの場面においても作者の口からもれてくる。そこでもむろん、無能な指揮官と兵士たちの大量死が槍玉にあげられているのである。だが、明治維新によって誕生した近代国家の暴力性と惨酷さにふれたあとで、つぎのようにいっている。

> が、明治の庶民にとってこのことがさほどの苦痛でなく、ときにはその重圧が甘美でさえあったのは、明治国家は日本の庶民が国家というものにはじめて参加しえた集団的感動の時代であり、いわば国家そのものが強烈な宗教的対象であったからであった。
>
> （『坂の上の雲』五、文春文庫、四〇頁。傍点筆者）

明治という時代が日本の庶民にとって「集団的感動の時代」であり、明治という国家が「強烈な宗教的対象」であったといっている。むろん作者は、そのこと自体を性急に否定したり肯定しようとしているのではない。客観的にみてそうなるだろうと感想をのべているのだが、しかしそこでもまた、明治という時代とその時代に生きた庶民たちにたいする作者のノスタルジーのようなものが、こちら側に伝わってくる。

明治時代の兵士たちの「温順さ」と、この時代の庶民たちにおける「集団的感動」という契機を抜きにしては、そもそも『坂の上の雲』という作品が成り立たないのではないかと思われるほどだ。その「温順さ」と「集団的感動」が、一九三〇年代の超国家主義の時代になってどのような過酷な運命に見舞われることになったのか。その悲劇的な顚末《てんまつ》のからくりは、はたしてどのようなものであったのか。

その極所について、司馬さんはついに小説の形で書くことをしなかった。そして、同じように丸山眞男さんの政治学もその問題に深入りしてはいないようにみえる。司馬文学と丸山政治学がたがいにそば近くまで歩み寄りながら、しかしついに論じのこしてしまったブラック・ボックスが、そこに横たわっているのではないだろうか。

＊

『坂の上の雲』のなかに、捕虜の話がでてくる。それも一度や二度ではない。司馬さんが捕虜の問題にも力を入れていることがわかる。この作品のなかで捕虜の話がでてくると、いつのまにか速度を落として読んでいる自分に気がついた。それだけ作者の熱気が伝わってきたのである。

奉天会戦の場面であった。ロシア軍は、クロパトキン将軍の命令で奉天を退却したが、やがてその奉天からも北方へと去っていく。その奉天会戦は、どうみてもロシア軍が負けるべき戦いではなかった。にもかかわらずロシア軍は退却をはじめたのだが、その敗北は、ただ一人の人間すなわちクロパトキン総司令官の個性と能力に起因していたと、司馬さんはいっている。日本軍が勝つ可能性は、きわめてすくなかった。クロパトキンの個性のおかげで、ほとんど僥倖に近い勝利を拾ったといってもよかった。そのまことに危うい奉天会戦の戦況を委曲をつくして描いたあとで、司馬さんはつぎのような感想を書きとめている。

日本はこの戦争を通じ、前代未聞《みもん》なほどに戦時国際法の忠実な遵奉者《じゅんぽうしゃ》として終始し、戦場として借りている中国側への配慮を十分にし、中国人の土地財産をおかすことなく、さらにはロシアの捕虜に対しては国家をあげて優遇した。その理由の最大のものは幕末、井伊直弼《なおすけ》がむすんだ安政条約という不平等条約を改正してもらいたいというところにあり、ついで精神的な理由として考えられることは、江戸文明以来の倫理性がなお明治期の日本国家で残っていたせいであったろうとおもわれる。

（『坂の上の雲』七、文春文庫、二〇七〜二〇八頁）

資料の探索のはてにそういう結論に到達したのであろう。「戦時国際法の忠実な遵奉者」というういい方に、私は驚く。それが「前代未聞」であったといわれれば、さらに胸をつかれる。なぜ、そんなことが可能だったのだろうか。それに答えて、司馬さんはすかさずいう。

「江戸文明以来の倫理性」が、なお明治国家にはのこっていたのだ、と。

それでは、江戸文明以来の「倫理性」の中身は、いったいどんなものだったのだろうか。むろんそういう問題にまでは、司馬さんはふみこんでいない。それは『坂の上の雲』という土俵をはるかに超えるだろう。しかし、司馬さんの作品を読んでいると、いつでもそういう大きな問いが背後に横たわっていることがわかる。いつでもそういう問いにぶつかる。司馬さんがそのような大きな問いを抱えつつ、資料の山に囲まれながら仕事をしていたことがみえてくる。歴史のなかに両腕を突っこんで問いを見出し答えを探しだしている姿が、浮かんでくるのである。

司馬文学は「問い」の文学である、といってみたいほどだ。戦争捕虜の問題は、司馬さんがそういう問いの網の目のなかにとらえたテーマであったにちがいない。いくつか例をあげてみよう。

まず、日清戦争の場合。『坂の上の雲』は、秋山好古《よしふる》・真之《さねゆき》兄弟と正岡子規《まさおかしき》の交遊をヨコ糸に、日清戦争をタテ糸にして展開していく。その日清戦争を語るなかに、威海衛《いかいえい》の戦いがでてくる。威海衛は、中国の山東半島北端に突きでた港である。明《みん》代に日本の倭寇《わこう》がこの海域を荒らし回っていたが、それを防衛するための衛所（明の兵制）がおかれていた。それが清《しん》朝末期にいたり、中国の誇る北洋艦隊の基地となっていた。

明治二十七（一八九四）年八月、日清戦争が勃発。翌年一月、日本軍は威海衛に水雷艇攻

撃をかけ、この軍港を拠点にする北洋艦隊を全滅させた。世に威海衛の戦いと称せられる海戦である。このときの北洋艦隊を率いたのが清国の名提督・丁汝昌《ていじょしょう》、日本艦隊の総司令長官が伊東祐亨《すけゆき》中将だった。

　このとき降伏を決意した丁汝昌に、伊東は公式に降伏をすすめる書状を送った。そのなかで丁汝昌に日本への亡命をすすめ、「日本武士の名誉心」に誓って手厚く迎えたいと書いた。そして、さらに語をついでいう。――かのフランスのマクマオン将軍は、普仏戦争のとき、ドイツ軍のためセダンで包囲され城兵とともに降伏した。いったん捕虜になったかれは、しかし休戦後に釈放され、フランスに帰って、のち大統領になった……。が、丁汝昌は、

「伊東中将の友情には心をうたれるが、しかし私はみずからに従う」

といってこれを拒絶し、毒をあおいで自殺する。司馬さんの眼差しがどこに注がれ、その神経の針がどちらの方向にふれているのかが、右のシーンの描写からもうかがえるだろう。

　日露戦争の場合はどうだったか。旅順の攻防戦に参加したロシア水兵バーブシキンの話がでてくる。陸上で、乃木軍が二〇三高地の攻撃をくり返しているとき、日本海軍は旅順港の封鎖作戦をすすめていた。その日本艦隊に猛犬のようにいどみかかってきたのが、ウィーレン大佐を艦長とする一等巡洋艦バヤーン（七七二六トン）である。バーブシキンはこの巡洋艦の機関兵だった。

が、この勇敢な一等巡洋艦バヤーンは、乃木軍が二〇三高地を占領して陸上から港内を射撃したときに撃破された。ボートでのがれたバーブシキンは、陸上にあがって要塞の砲台にとりついたが、そこに落下してきた日本軍の二十八サンチ榴弾砲《りゅうだんほう》の破片で倒れる。全身に十八ヵ所の傷を負い、旅順市街の病院に入れられ、やがて要塞の司令長官ステッセルの降伏とともに捕虜になった。そのときの光景を司馬さんは、つぎのように描いている。

乃木軍の軍医はかれを診察して、
「これは廃兵だな。ふたたび軍務にはつけないだろう」
とみて、捕虜収容所には送らず、本国送還のリストに入れた。傷病者で本国送還にきまった者は、外国船によってロシアへ送られるのである。バーブシキンは船にのせられた。

（同書、二五三頁）

捕虜の交換風景なのではない。無条件の捕虜送還の場面である。そういう捕虜の取り扱い方が、当時の「戦時国際法」というものの一面だったのだろう。

もう一つ、日本海海戦がおこる前年のあるシーン。ロシアのウラジオ艦隊がウラジオストックに集結して日本海に出没し、日本の輸送船団に脅威を与えていた。陸軍の輸送船常陸丸《ひたちまる》を撃沈したのも、その艦隊に属する巡洋艦リューリックだった。当時、敵の海上交通破壊戦を封ずる任務を負わされていたのが、上村彦之丞《かみむらひこのじょう》率いる装甲巡洋艦の第二艦隊である。

明治三十七（一九〇四）年八月十四日、早暁のことだった。蔚山《ウルサン》沖を南下してくるリューリック以下三隻のウラジオ艦隊の船影を発見し、上村はすぐさま出雲《いずも》以下四隻で追跡した。猛烈な砲戦のすえ、ついにリューリックを撃沈したが、他の二隻グロムボイとロシアは破壊されながらも、辛うじてウラジオストック港内に遁走《とんそう》した。

二隻に逃げられたのは、上村が追跡することを途中で放棄したからである。それよりも、リューリックの沈没現場にもどって、海面にただよう乗員の救助にあたったのである。救いあげたロシア兵は、じつに六百二十七名の多数にのぼった。各艦とも、魚雷発射管のある室まで捕虜でいっぱいになったという。

このことを後になって知った参謀、秋山真之は、「あの二隻を遁《に》がすべきではなかった」といった。戦略目的を犠牲にしてまで敵の漂流兵を救うのは「宋襄《そうじょう》の仁《じん》」だ、とまでいって上村を批判しつづけた。

「宋襄の仁」というのは、中国の故事に由来する。かつて宋と楚《そ》が戦ったとき、宋の公子目《もく》夷《い》が楚の布陣しないうちに攻撃しようと進言したが、襄公は君子は人の困っているときに苦しめずといって攻めず、楚に敗れたという。つまり無益の情けをかけるということだ。上村のやったことは、はたして宋襄の仁だったのだろうか。ここは難しい場面だといって、司馬さんはつぎのように書いている。

……上村にとっては戦争は人間表現の場であり、敗敵へのいたわりがなければ軍人ではないという頑固な哲学があった。かれは日清戦争のときも敵の捕虜たちを艦に収容するとき、敵の面目を考え、堵列《とれつ》する水兵たちに廻レ右をさせて背をむけさせた。

（『坂の上の雲』八、文春文庫、一七〇頁）

戦略目標と頑固哲学がせめぎ合うところは、やはり司馬さんのいうように難しい場面だ。秋山真之のいっているのが正しいのか、上村彦之丞の選択が良かったのか、見極めの難しいところである。しかしそれにしても、敵の捕虜たちを艦に収容するとき、水兵たちに背をむけさせた気遣いには、やはり驚かされる。そういう能力の発現の仕方に虚をつかれる思いだ。

こういう例をあげていけば、まだいくらでもある。日本海海戦の終結後、ロシア艦隊の総司令官ロジェストウエンスキーは捕虜として佐世保港に送られ、海軍病院に移された。その病室を見舞う東郷平八郎《とうごうへいはちろう》が印象深く描かれているのだが、それはもう省略することにしよう。ただ、その場面にポツンと挿入されている言葉が、司馬さんのバランス感覚なのだろうが、やはり忘れがたい。

「戦争というのは済んでしまえばつまらないものだ。軍人はそのつまらなさに堪えなければならない」

という意味のことを、日本の将軍のなかでもっとも勇猛なひとりとされる第一軍司令官黒木為楨《ためもと》が、従軍武官の英国人ハミルトンに言ったという……。（同書、二六五頁）

〝日本人の中の日本人〟

捕虜の問題が『坂の上の雲』における画龍点睛になっている――そう読むこともできるのではないか。そういえば、さきにふれた『故郷忘じがたく候』もそうだった。それは、波濤をこえる三百七十年の歳月を耐えぬいた「捕虜」のきびしい物語であった。それはひょっとすると、司馬文学の背骨をなすテーマだったのかもしれない。

私の想像は、ふくらんだ。そのような『坂の上の雲』の世界を読みながら、私は長谷川伸を想いおこしていたからである。捕虜の場面にでくわすたびに、長谷川伸の『日本捕虜志』が眼前に浮かんできたからである。司馬さんも『坂の上の雲』を書きすすめているとき、長谷川伸の『日本捕虜志』を記憶によみがえらせていたのではないだろうか。

第六章でふれたように、長谷川伸といえば、『瞼の母』『沓掛時次郎』や『一本刀土俵入』である。その長谷川伸が『日本捕虜志』という作品を書いている。それが不思議といえば不思議だった。

義侠心――という言葉が漠然と前方に立ちあらわれる。『日本捕虜志』は昭和三十（一九五五）年三月、五百部限定で出版された。自費出版であった。その序文の冒頭に、著者は執筆のいきさつについて、つぎのように書いている。

この本は昭和大戦の後期に入り、日本全土が火と鉄との直接攻撃で、地獄の惨苦に陥ったとき着手し、日本が降伏したその日までに、事実の聚集《しゅうしゅう》漸く半を超え、草稿は約四百枚になっていた。空襲のサイレンを聞けば草稿を土に埋め、解除のサイレンを聞いて掘出した。そのころ私は家人にいった。この稿が成るのと命がケシ飛ぶのといずれが先かなあ、と。

（『長谷川伸全集』第九巻、朝日新聞社、一九七一年、一九七頁）

命がけで取り組んだ仕事だったことがわかる。その「草稿」は幸いにして焼けのこった。戦後になって氏は、さらに稿を新たにして「日本捕虜志」と題し、雑誌『大衆文芸』（新小説社刊）に昭和二十四年五月号より翌二十五年五月号まで連載した。四百字詰原稿用紙で八百枚にのぼったという。氏は連載中の『大衆文芸』を毎号、占領軍司令部に郵送していたが、何の反応もなかった。それを占領軍に毎号郵送したのは、占領軍が日本人の捕虜問題を非難し憎悪していたためであった。その占領軍にたいし「感憤」抑えがたきものがあって、反論し抵抗するために送りつづけたのであるといっている。だが、それを連載する雑誌の発行部数はわずか三千部であった。発行後一年のあいだに褒貶《ほうへん》の手紙は一通もこなかった。

もっともこの作品は、出版の一年後になって菊池寛賞を受賞している。が、その後も同書は世間の話題にはほとんどならなかった。初版の十年前にも、雑誌で捕虜関係の原稿を三度書いていたが、やはり反響らしい反響はなかったという。

『瞼の母』の作者に、こういういわば受難の作品があったということに、いまさらのように驚く。が、この作品をできるだけ多くの人に読んでもらいたいという作者の願いはすこしも衰えることがなかった。『日本捕虜志』の昭和三十七年版の後記に、作者がつぎのように書き記しているのが目に痛い。


読んでくださる方々よ、この本は捕虜のことのみを書いているのでない、〝日本人の中の日本人〟を、この中から読みとっていただきたい。どうぞ。（同書、三〇〇頁）

司馬さんはこの長谷川伸の仕事をつよく意識していた、と私は思う。長谷川伸のいう「日本人の中の日本人」をこの『日本捕虜志』に見出し、「語り継ぐべき資料」として大切に扱い、ついに『坂の上の雲』のなかに実らせたのではないだろうか。そのことについて何もいってはいないけれども、司馬さんが長谷川伸の志を受けつごうとしていたことはほぼ疑いないと思う。

なぜなら、『日本捕虜志』の作者もまた、日露戦争までの日本人は立派だったということを、その作品の随所でいっているからだ。たとえば同書の後篇「国内国外の捕虜拾遺」。太平洋戦争を顧みながら、捕虜の問題を論じつつ、そのことをくり返しのべている（同書、二四八頁以下を参照）。このテーマはむろん、それではいったいどうして、それ以後の日本はおかしくなったのかという問いと表裏一体をなしている。その点でも長谷川伸と司馬遼太郎のあいだに径庭はない。

日清戦争の威海衛の戦いにおける伊東祐亨・丁汝昌両提督の話はさきにふれたが、『日本捕虜志』もまたその両者の交渉について委曲をつくしている。そのなかに、つぎの一文がでてくる。

丁汝昌の死に日本人が向けた心は、それより十年の後に、ステッセル将軍の開城降伏にもそのままの如く向けられた、そうしてその後年においては失われた。

（同書、八一頁）

日露戦争における上村彦之丞とリューリック乗組員救助の問題についても、『日本捕虜志』の叙述は詳細をきわめている。そのなかに目の覚めるようなエピソードが登場する。これは『坂の上の雲』にはでてこない話なので引いておこう。

出雲に収容されたリューリック乗組の一ロシヤ将校が、艦内に飼われている小鳥を熟視し、この小鳥は前々からここにありしかと問うた、日本人通訳が、いやいやあれはリユーリックの溺者を救助にいったものが、救い漏れは最早ないかと、救助艇をあっちこっち漕ぎ廻していると、浮いていた板にあの小鳥がとまっていた、大海の中だし放って置いては、小さい翼ではとても陸地まで飛べまい、可哀そうだと捕えてきて、ああして飼っているのだと答えると、ロシヤ将校は涙をうかべ、あれは私の飼っていた小鳥でした、われわれは北海で奈古浦丸を撃沈して以来、金州丸・常陸丸・和泉丸と撃沈し、佐渡丸も破壊したのだから、その報復を今こそ受けると思いの外かくも優遇をうけつつある、日本人はどうしてかくまで義侠なのかといい、神に黙禱《もくとう》を捧げた。

(同書、一六九頁)

「日本人はどうしてかくまで義侠なのか」ということが、まさに長谷川伸の股旅もののテーマであった。『一本刀土俵入』や『沓掛時次郎』などの名作を書いた動機だった。その長谷川伸の思いをまともに継承しているのが、私は司馬遼太郎の小説であったと思う。義侠心は、司馬文学に底流する清い旋律だったのではないか。

『燃えよ剣』の夕日

司馬さんの小説を語って剣のことにふれなければやはり何か落ち着かない。剣の達人について語らなければ、大事なものを看過したことになる。すくなくとも、千葉周作と土方歳三《ひじかたとしぞう》。千葉には第二章の「フェアプレイか無私か」でふれたので、ここでは、土方歳三をとりあげよう。司馬さんの自信作『燃えよ剣』の主人公だ。無類の剣の使い手であり、新選組の副長である。抜群の組織感覚で新選組を最強の武装集団に仕立てあげた。

近藤勇《こんどういさみ》や沖田総司《おきたそうじ》とともに武州多摩の出である。西・北・南の三多摩は天領に属し、三郡ことごとく百姓だった。が、戦国以前、源平時代までこの地は、天下に剛強を誇る坂東武者の輩出地であった。かれらにはその自負があり、坂東の古武士がかれらの士道の理想像だった。要は、懦弱《だじゃく》な江戸時代の武士ではないということだ。

江戸に出て攘夷《じょうい》の風に吹かれ、時代の波にのって上洛、やがて、かれらは新選組の指導者へと成長していく。清河八郎《きよかわはちろう》を排除し、芹沢鴨《せりざわかも》を斬り、山南敬助《やまなみけいすけ》、伊東甲子太郎《いとうきねたろう》を粛清して、総長・近藤勇、副長・土方歳三の体制ができあがった。そのそば近く、影のごとく寄り添って沖田総司が立つ。その剣もまた妖しい光芒《こうぼう》を放つ。

土方歳三の攘夷は単純なものだ。歳三が冷えた茶をのみほしながら、近藤勇にいう場面がある。

「はじめ京にきたときには、幕府、天朝などという頭はなかった。ただ攘夷のさきがけになる、というだけであった。ところが行きがかり上、会津藩、幕府と縁が深くなった。しらずしらずのうちにその側へ寄って行ったことであったが、かといっていまとなってこいつを捨てちゃ、男がすたる。近藤さん、あんた日本外史の愛読者だが、歴史というものは変転してゆく。そのなかで、万世に易《かわ》らざるものは、その時代その時代に節義を守った男の名だ。新選組はこのさい、節義の集団ということにしたい。たとえ御家門、御親藩、譜代大名、旗本八万騎が徳川家に背をむけようと弓をひこうと、新選組は裏切らぬ。最後のひとりになっても、裏切らぬ」

「歳、楠公《なんこう》もそうだった」

「あんたはなかなか学者だ」

歳三は、くすっと笑った。

（『燃えよ剣』下巻、新潮文庫、七〇～七一頁）

土方歳三は極端に口数がすくない男である。それがここでは、雄弁に語っている。この小説のいわば琴線にふれる場面だから、歳三に似合わず語らせたのであろう。

もう一つのシーンも印象ぶかい。結核でもう病床に臥している沖田総司に語りかけている場面だ。歳三が、自分の和泉守兼定二尺八寸を、ぎらりとぬいた。それですでに何人の人間を斬ったか、その数をかれは覚えていない。


「総司、見てくれ。これは刀である」

「刀ですね」

仕方なく、微笑した。

「刀とは、工匠が、人を斬る目的のためにのみ作ったものだ。刀の性分、目的というのは、単純明快なものだ。兵書とおなじく、敵を破る、という思想だけのものである」

「はあ」

「しかし見ろ、この単純の美しさを。刀は、刀は美人よりもうつくしい。美人は見ていても心はひきしまらぬが、刀のうつくしさは、粛然として男子の鉄腸をひきしめる。目的は単純であるべきである。思想は単純であるべきである。新選組は節義にのみ生きるべきである」

（なるほどそれをいいたかったのか）

沖田は、床上微笑をつづけている。

（同書、八四頁）


千葉周作流にいえば、土方歳三にあって、それ剣は節義、単純の美、ということになるのだろう。それがこの『燃えよ剣』のもう一つの主題であることはいうまでもない。

やがて大政奉還《たいせいほうかん》、そしてあわただしく王政復古。慶応三（一八六七）年の暮は、日に日に情勢の変転を重ねて、年が明け、鳥羽伏見の戦いへとなだれていく。最後の将軍が、京都所司代・会津容保とともに王城の地を捨てる。新選組もちりぢりになって江戸に落ちていく。

その時代が裂けていく正月の十二日、幕府軍艦富士山丸が歳三ら新選組生き残り四十四人をのせて、大坂天保山《てんぽうざん》沖を出た。わずかな手勢を率いる歳三の転戦、遍歴の旅がはじまる。江戸を追われ、会津をへて北海道の五稜郭《ごりょうかく》へ。その過程で、近藤勇が捕らえられて板橋で斬首され、沖田総司は病の床に死ぬ。かつての新選組幹部では土方ただ一人、榎本武揚《えのもとたけあき》の艦隊に身を投じている。が、すでに死を決しているから、こころに迷いはない。箱館（現、函館）が自身にとってもさいはての地であることを予感していた。

明治二（一八六九）年五月十一日、土方歳三は五稜郭の城門を出た。かれは馬上、従う者ははじめはわずか五十人だった。小ぜり合いをくり返し、激闘のなかを進むが、敗色濃く戦勢は傾いていく。箱館港から射ち出す艦砲射撃にはばまれ、官軍の壁に押しまくられ、五稜郭軍は総崩れとなった。歳三は白刃を肩にかつぎ、馬上ですさまじく指揮をとっていた。が、いつのまにかかれだけが、ただ一騎、硝煙のなかを悠々と進んでいる。その一騎めがけて、四方八方から銃撃が襲いかかり、黒い羅紗《らしゃ》服をきた体が鞍《くら》の上からころげ落ちた。

その最後の場面を描いて司馬さんは、こう結んでいる。

歳三は、死んだ。

それから六日後に五稜郭は降伏、開城した。総裁、副総裁、陸海軍奉行など八人の閣僚のなかで戦死したのは、歳三ただひとりであった。八人の閣僚のうち、四人まではのち赦免されて新政府に仕えている。榎本武揚、荒井郁之助、大鳥圭介、永井尚志《なおむね》（玄蕃《げんば》の頭《かみ》）。

（同書、四六九頁）

土方歳三のため、司馬さんが最後のはなむけに建てた鎮魂の碑である。節義に生きた新選組副長にたいする、追悼の一文といっていいだろう。歳三の死体は、函館市内の納涼寺に葬られたという。戒名は、歳進院殿誠山義豊大居士。

＊

『燃えよ剣』には、もう一つ、美しい余韻があとを引いている。お雪という女との出会いと別れ、である。骨の髄まで男っぽい歳三にも、恋人がいた。

京都で、尊皇派、攘夷派の浪人たちを斬りまくっていたころのことだ。歳三は逆に、その手の刺客に襲われて、露地に駈けこむ。小窓を開いて助けてくれたのが、江戸育ちのお雪だった。夫は大垣藩の御徒士《おかち》で、京の警衛のため上洛していたが、早くに死んだ。妻は画才があったのを頼りに、そのまま京にのこって四条円山《まるやま》派の絵を学んでいた。奇縁が、歳三とお雪を急速に近づけていく。

王政復古から鳥羽伏見の戦いで、幕府軍が総崩れになっていた。大坂を去る日が、刻一刻迫っている。ある日、二日の休暇をとった歳三はお雪をつれて西昭庵《さいしょうあん》に行く。浪華《なにわ》の町を眼下にみおろす高台に、その料亭はあった。美しい夕日が眺められるところから、夕陽ケ丘（現、天王寺区）という名で呼ばれている。あたりは大小何百という寺院が建ち並んでいる台地で、森閑としずまり返っている。

王朝の昔、藤原家隆《ふじわらのいえたか》という歌人がいた。『新古今集』の撰者の一人だったが、晩年、この難波《なにわ》の夕陽ケ丘に庵を結んで、毎日、日想観《にっそうかん》を修していたという。日想観というのは、落日を拝んで浄土往生を願う瞑想のことだ。日が落ちる海上のかなたに極楽が存在するという信仰にもとづいている。その家隆にはつぎのような歌がある。

　　ちぎりあれば　難波の里に宿りきて
　　　波の入り日を拝みつるかな

歳三とお雪は話を交わしながら庭に出て、柴折戸《しおりど》をくぐる。眼前に五輪塔があらわれ、そのそばに、「家隆塚《かりゅうづか》」とよめる碑が建っていた。藤原家隆はこの地で、大坂湾に落ちてゆく夕日の荘厳さをみて、弥陀の本願が実在することを信ずるようになった。

難波の海　雲居になして眺むれば
　遠くも見えず弥陀の御国《みくに》は

かれの辞世の歌だという。

司馬さんは吐息のような筆使いで、歳三とお雪の二人を夕陽ケ丘の落日の光景のなかに立たせている。死を決した男とかれを慕うお雪の別れのシーンを、浄土をのぞむはるかな伝承のなかに融かしこもうとしている。家隆の歌に惹かれ家隆塚の前にたたずむ二人の姿が、日の落ちたあとの闇からあらわれてくるようだ。速度のある司馬さんの筆が、ここではゆったりしたリズムで運ばれているのが印象的だ。そして、もう逢うことのない男と女の二晩にわたる激しい夜が西昭庵の奥座敷にあった。

夜が明けて、北国へと旅立つ歳三を見送ったお雪は、部屋にもどり、さらに数日泊めてもらおうと思う。部屋にこもり、岩絵具をとかし、筆を並べる。

もう一度、あの日の落日を見るつもりであった。西昭庵の台地から見おろした浪華の町、蛾眉《がび》のような北摂の山々、ときどききらきらと光る大阪湾《ちぬのうみ》、そこへ落ちてゆくあの華麗な夕陽を描こうとした。

お雪は、風景は得意ではない。しかしかきとめねばならぬとおもった。下絵を何枚もつくり、最後に絹布をのべたとき、歳三とともにみたあの夕陽が落ちてゆくのをみた。

（同書、二一二頁）

終章　辞世の作法

自然葬の行方

「昭和」から「平成」に変るころだった。世の中の様子がだいぶ違ってきたようだった。家族の暮らしぶり、子どもたちの日常にすこしずつ異変らしいものが目立つようになった。

高齢化がすすみ、子どもたちの姿が街や小路から消えていく。結婚というコトバがだんだん古び、それに代って離婚とか非婚とかいうコトバがすこしずつ市民権をもつようになっていた。

向う三軒両隣りの光景もしだいに薄れ、あの世に旅立つ人々のそばに人の気配が感じられなくなっている。

葬式、告別式、しのぶ会、花々に埋まる写真葬、家族だけによる簡素な直葬など、はては墓仕舞いとセットになったような0葬《ゼロ》まで、世間の変貌ぶりはまさにとどまるところを知らないありさまになっていた。

　そんな昭和から平成への移り変りの時期に、

「葬送の自由をすすめる会」

という市民運動が東京ではじまった。そして私も当初からそれに参加していた。

　亡き近親の遺骨を散骨して、大自然のふところに返そう、という主旨の運動だった。われわれはそれを散骨とも自然葬とも呼んできたが、これからは人生の最後、その新しい「別れの作法」を自由に考えていこうというわけだった。

　以来私はこの会の活動にかかわってきたが、この会が最初に相模灘で自然葬（散骨）を正式におこなったのが一九九一年のことだった。

　それを機に、二〇二〇年の昨年までじつに三十年のあいだに、本会の手で送った方々は約四三〇〇人にのぼっていた。その上、ご遺族からは本会あてに一〇〇〇通をこえる「感想文」を送っていただいていた。

　これらの文章はそのつど会報誌「再生」に掲載してきたが、そこから自然に、本会の創立三十年を期して記念誌をつくろうとのプランが出た。こうしてこのたび西俣総平第三代会長のもと、本会編による小冊子『平成の挽歌――大自然に還る』を出版することができたのである（共同通信社　二〇二〇年二月）。

編集作業がはじまってまもなく、会長から突然の依頼が私のところに舞いこんだ。会員から寄せられた「感想文」三〇編に、詞書《ことばがき》のようなものをつけてほしい、というものだった。この他、冊子には海山への自然葬の現場をそのままの姿で映す写真をつけ、さらに本会の歴史とこれからの課題について語る座談会の記録をのせる、ということだった。このような企てを私は見たことも聞いたこともなかったけれども、会の発展のために必要ならということで、引き受けることにしたのだった。

詞書（ことばがき）とは古来、歌人たちが自分の詠んだ歌のはじめにつけたコメントのことだった。万葉集や古今集に出てくる、歌をつくった個人的な背後や趣旨を簡潔につづったものだ。

歌には愛をうたう相聞歌、死者を悼む挽歌の別があるけれども、その冊子では自然葬で逝かれた方々とご遺族にたいする、慰霊、鎮魂の気持をこめて、あえてその「詞書」という和歌の作法を借りることにしたのである。もう一つ重ねていえば、それはそれでまた、私の個人的な「別れの作法」という気持のあらわれでもあった。

ここではそれらのうち二編の「感想文」を選んで、私の「詞書」とともに掲載し披露させていただこうと思う。

感想文

例1　大森山再生の森・個人葬　平成24年・友人を送る

「かなえてあげたかった風になる思い」

大原緋紗子

雪で1日延ばしになった3月14日、無事、宮城県の大森山再生の森で自然葬を行うことができました。例年になく遅い春、梅の蕾《つぼみ》もまだまだ固く、蔵王から吹き下ろす風は冷たいけれど、キラキラ輝く春の日差しの中での散骨でした。

思えば、〝風になりたい……〟と言いながらあの人は急ぎ足で逝ってしまいました。病状が落ち着いたら一緒に大森山を見に行こうと言っていました。自然葬については、以前より、興味、関心を持ちながらも、まだいいだろうという思いが正直なところでしたが、昨夏、突然の発症、緊急入院、余命の宣告に慌てて入会。生前契約の途中で還らぬ人となりました。

後を託された弟さんたちは、散骨に反対はしないものの、やはり生きていた証しが欲しいとご実家の墓への納骨を決断されました。〝風になりたい……〟と言っていた思いをかなえてあげたくて分骨を願い出、私も急いで入会し、遺族契約を結びました。

何もかも初めてのことですので、お願いして、2度下見をさせていただきました。不安を持ちつつ訪れた大森山再生の森は、数本の桜や梅の古木、ナツツバキ、ハナミズキなどの木々、美しい竹林、そしてたくさんの水仙などのぬくもりを感じさせる穏やかな丘陵地でした。

当日は、例年ならとうに咲いている梅や水仙の代わりに持参したバラの花びら、庭で摘んだ山茶花《さざんか》、そして春の香りのするピンクの花びらと一緒に、少し冷たい春風に乗せました。ここに至るまでにはたくさんの方に温かく接していただきました。本当にありがとうございました。そして、これでよかったのかしら？

山折の詞書

風になりたい
風にのりたい

筆者は、おそらく故人の親密なパートナーだった。生前から、一緒に野や山を歩き、咲き乱れる花や草を楽しみ、旅を重ねていた。いつも、風が吹いていた。激しく吹くときもある。優しく語り掛けるように吹いてくることもある。その忘れ難い思い出が一つ一つの言葉ににじみ出ている。

風の縁、ですね。ふと、万葉時代の恋多き女人、額田王《ぬかたのおおきみ》の歌がよみがえりました。

冬ごもり　春さり来れば　鳴かざりし　鳥も来鳴《き》きぬ　咲かざりし　花も咲けれど　山を茂《しげ》み　入りても取らず　草深み　取りても見ず　――『万葉集』

春が来ると、鳴かなかった鳥も来て鳴く。咲かなかった花も咲く、けれども山が茂るので、入って取ることができない。草が深く茂るので、取ってみることができない。

冬ごもり、春さり来れば、いつでも故人の面影が、風にのって、私のところに吹いてくる。

例2　小樽沖・特別合同葬　平成24年・父を送る

「海面の花びらはまるで現代芸術」　桂川　潤

昨秋永眠した父は札幌出身の画家で、生前「狭い墓には入りたくない」と兄弟に伝えていたそうです。遺骨をどうすべきか思案していた折、小樽・祝津沖での自然葬を伝える新聞記事を目にしました。北海道立近代美術館に寄贈した父の遺作、「夢」シリーズには、祝津ゆかりの鰊《にしん》と鰊御殿《にしんごてん》が印象的なモチーフとして描かれています。故郷を想う作品が北海道に帰り、あわせて遺骨も祝津の鰊と戯れるなら父も本望だろうと、早速、小樽沖特別合同葬を申し込みました。遺骨を砂粒状に砕き、水溶性の和紙に包んでいく過程は、残された身内にとって忘れ得ぬ時間となりました。

私自身「自然葬」や「散骨」は経験がなく、北海道在住の親族も戸惑い気味でしたが、天候に恵まれた七月七日、碧水の祝津沖に遺骨を送り、美しく花弁が海面に舞うのを目にして、「まるで現代芸術。故人にふさわしい送りができた」と、一同深い感銘を受けました。折しも道立美術館で開かれた新収蔵作品展に、父の18点の作品も展示され、すべてがあらかじめ計画されたように運んだのは、不思議としか言いようがありません。

山折の詞書

芸術葬でしたね。普通の葬儀でも告別式でも音楽葬というのはよくありました。ふるさとの美術館に寄贈された父上の絵、その地の海に流されていく遺灰。それが花びらと戯れる鰊と重なって美しいイメージを喚起する。

かつてこの国には、自分の余命を悟った古老たちが、己の肖像画を描いてもらって、告別の場に飾ってもらう風習がありました。私の祖父も僧侶でしたが、人に頼んで肖像画を描いてもらい、逝きました。残念ながら老いの表情を、リアルなままのこして……。

ふと、あの源実朝の歌がよみがえってきます。

箱根路をわが越えくれば伊豆の海や
　沖の小島に波のよるみゆ
――『金槐和歌集』

箱根の山を越えてくると、広々とした伊豆の海が眼下に開けてくる。遠くに目をやると、沖の小島に波が打ち寄せているのが見える。北海道小樽の祝津沖での散骨葬は、伊豆の海に劣らず明るい、花びらの舞う――まるで絵のように美しい自然の中で行われていたのでしょう。

ここでは以上の二例しか紹介できないのが残念であるが、この仕事を通して私は、「告別の儀式」「別れの作法」にとって、和歌や俳句だけでなく「歌」というものがいかに重要な役割を演じてきたか、あらためて痛感させられることになった。万葉集や古今集にかぎらず民謡や童謡、流行り歌や学校唱歌、そして現代歌謡や演歌にいたるまで、親しい人との永遠の別れの場面で、いかに多くの人々の苦しみと悲しみを慰め、癒してきたか、はかりしれないと思った。

最後に一言つけ加えれば、相聞歌はさしずめ romantic love song to live であるとすれば、挽歌は sentimental journey song to die となるのだろうか。

いずれにしろ、これからの挽歌にはいわゆる日本の歌のほかに、クラシックやジャズ、ロック、それにシャンソンなども欠かせない。そんな時代が、もうすぐそこまできているのだろう。

一期一会の歌

私はかねて、歌は出会いと別れの一期一会の機会だと考えてきた。

それが和歌であれ俳句であれ、一期一会のさりげない挨拶であり、火花を散らす一期であり、一会であると感じていた。

眼前には、一首だけあればいい。

一句だけおいてあれば、それで十分だ、と。

だからこの世界にはよくみられる、五〇首選とか一〇〇句選とかいう見せ方示し方には、何となく違和感を持っていた。

それよりは一羽雁《ひとはがり》のあとをたどって、あらためて出会いと別れの歴史をさかのぼり、その伝承のあとを語らせる、そんな味わい方に惹かれてきた。

日が暮れて、一羽の雁が西の空にむかって飛び立つ、そこにはもう一期一会の辞世の場ができあがっているではないか。

五〇首選、一〇〇句選のにぎやかな雁行《がんこう》では、なかなかそうはいかないだろう。あの一羽雁の味わいが、そこではまるっきり欠けているからである。


四年ほど前のこと。

冬の朝に外から帰ってきて、はげしい目まいに襲われ、玄関で倒れた。

医師から、不整脈による脳梗塞と告げられ、しばらくのあいだ、寝たきりの療養に入った。

翌日になって、俳句らしきものが口をついてでてきた。

天地の分れし時ゆ目まいして

俳句らしきもの、ともったいらしく書いたが、また物真似のワナにはまったなと思ったからである。

「天地の分れし時ゆ」は、もちろん山部赤人が富士山をうたった長歌のパクリだ。

それをたまたま、わが身にふりかかった災難にくっつけただけの話。

そんなの俳句にならないよ、の声がきこえてくる。

しばらくたってから、西行の『山家集』を手元におき、ときどき読み返していた。

頁を繰って活字を追っていくと、何とも単調で、退屈な歌ばかりが、あらわれては消えていく。

あの西行の歌に、こんなにつまらないのが山ほどあるのはどうしてか、と妙なところに気がついた。

ところが、そのあまりにも乾いた風景がつづくなか、ピカリと光るのが、低い草むらのなかから躍りでる。どこからか火のように飛びだしてくるのに気づく。

『山家集』では、ほとんどこのくり返しだった。

俗ないい方になるが、一面の砂漠を歩いていて、とつぜん砂金をみつけるような気分だった。

西行の歌は、そんな単調で、退屈な時間と暮らしのなかから、静かににじみでてくるような歌であるのかもしれない。そう、思うようになっていた。

歌というのは、砂を嚙むような寂しさのなかからはじめて発酵するものかもしれなかった。

あるとき、西行のたくさんある好きな作品のなかで、あの「願はくは……」が、何ともまどろっこしい、長々とした詩の一節に、みえてきたことがあった。

不思議なことだったが、五七五七七が、乾ききった砂漠に投げだされた、二重三重に曲がりくねった、継ぎ目のない、一本の縄のようにみえた。

しばらくして、

春は逝く
月を眺めて
花の下

の三行詩が、口の端にのぼってきた。

西行さん、とつぶやいていた。ベッドでの生活がダラダラつづいていたが、そのうち「願はくは……」を石川啄木がやったように三行詩におきかえてみようと気が変ったのだ。

おきかえてみると、西行の姿が五七五のなかに、すっぽりと収まっている。俳句らしきものになっている。

短詩三行のジャンル、といってもいい。

そう思い返したとき、五七五七七の下句七七を、突然もぎとり、切り捨てる剛毅な手が眼前によみがえり、宙に舞いあがった。

この幻像は、むろん芭蕉の姿にいろどられていた。七七切断の果敢な実行者であり、発句から俳句への跳躍の途上、七七切断の快楽に身をゆだねた人だ。

近代になって茂吉と高浜虚子が「写生」をめぐって、つばぜり合いをするような、きわどい論争をしている。

それは結論のつかないままに終っていたが、この主観的な写生と客観的写生をめぐる対決の最終の争点は、七七切断を是とするか、非とするかに行きつくだろう。虚子が、当然のことながら芭蕉の道を継ごうとしていたことはいうまでもない。

場面が、転換する。

良寛のふるまいが、微妙に揺れて、眼前に浮かび上ってきたからだ。

かれは、周知のように歌と俳句の両刀づかいだった。

遺言の歌とされるものがのこされている。

形見とて何残すらむ春は花
　夏ほととぎす秋はもみぢ葉

この歌は、何度読みかえしても、上五七五で完結している。私の感覚がおかしいのか、そうとしか思えない。声調の勢いが、そこで切れている。

そう見くらべると、下七七はたんなる蛇足にすぎない。修辞の域を出ていない。

夏のほととぎすなど、でてくるのが何とも暑苦しい。そのうえ、騒々しい。

秋の紅葉は、さらに陳腐で、そんなイメージは目先きの上辺をただ通りすぎていくだけだ。

形見とて
何残すらむ
春は花

これだけでいい。この三行詩だけで、みずみずしく蘇る。

うるさいほととぎすも、みてくれだけの紅葉など、もうどうでもいいではないか。

だが良寛は、五七五と七七のあいだを行きつもどりつしている。だが、その一歩さきを歩いていた芭蕉……。おそらく良寛の場合、存在の軽さににじみでる優しさからきていたのだろう。

もしかすると、
地下の西行さんは、
目を剝いておられるかもしれない……。

石川啄木の作品の中で、とくに好きな歌は、と問われれば、やはり『一握の砂』の巻頭歌、

東海の小島の磯の白砂に
われ泣きぬれて
蟹とたはむる

だろうか。

けれども、ふと思う。啄木は、なぜこの歌を巻頭においたのか。あらためてそう問うてみ

たくなるが、それがよくわからない。

　とにかく啄木は、この一首が好きだったのだろう。自信のある、いい作品だとも思っていたにちがいない。心の内では、これこそオレの代表歌だと叫んでいたかもしれない。

　その後、私は啄木について考えたり書いたりすることが多くなったが、しかしそんなときこの歌を枕にしたり、主題にしたりすることがあったかというと、そんなことはほとんどなかったように思う。

　啄木の歌や人生を話題にするようなとき、「東海の小島……」を手がかりにして議論することもなかった。

　好きだと口ではいいながら、私はそのじつ記憶の底にその歌を押しこんでいたのかもしれない。

　だから、本当のところは好きではなかったのだろうと、いわれそうだ。

　そういわれても、返事のしようがない。

　変化がおこったのは、あの３・11（二〇一一年）の大津波が発生したときだった。

　災害のあと、石巻から気仙沼の被災地を歩いているときだ。

　突然、耳の奥で、大伴家持の、
　　海行《ゆ》かば

水浸《みつ》く屍
山行かば　草生《む》す屍
……

の調べが、鳴った。
しばらくして、
源実朝の、

山はさけ
海はあせなむ
世なりとも
……

の旋律が、それに重なった。
家持と実朝が、そんな近いところに立っていたとはとても思えなかったが、気がつくと、その二人がどこかの異国で異常接近して、眼前に立っていたのである。

そのわずかな時間のスキマから、ひょいと顔をのぞかせたのが、啄木の、

……

……

われ泣きぬれて

蟹とたはむる

だった。

津波に洗われ、荒涼たる原野と化した砂浜に泣きくずれている啄木が、そこにいたのである。

そういえば釈 迢空《しゃくちょうくう》（折口信夫）も、海と山のあいだに住みつづけてきたのが、この日本列島に生きる民たちだった、といっていた。

目の前に、茫漠と広がる海、背後にのしかかるように迫ってくる山、そのあいだの狭小な土地をきり拓いて生をつなぎ、災害列島の過酷な死を迎え入れてきた運命を思い描いていたのだろう。

啄木が生まれたのは渋民という山間地だったが、海浜に出て、いざ磯の香をかいだときの彼の記憶は、たんなる若き日の稚《おさな》い感傷でも、月並みな叙情でもなかっただろう。

太古の昔から、海やまのあいだを生き抜いてきた列島人の思いは、家持や実朝の歌に深く沈澱し、啄木や迢空の歌のなかに流れつづけていたはずだ。

島崎藤村《しまざきとうそん》は、遠き島より流れ寄る椰子の実をうたったが、啄木が遊びたわむれた磯の蟹は、黒潮にのって流れついた一匹のさびしい旅人だったのかもしれない。

私が京都に住みついて、もう三十年になる。あちこち転々として、いまは下京区の下町住いだ。そこに移ってから十五年ほどになる。

元気なころは、よく早朝の散歩にでかけた。すると、すぐそばに本居宣長の修学の地とか、与謝蕪村《よさぶそん》終焉の居所とかいった標柱があらわれる。ほうと息をついていると、旧本能寺跡にでくわして、不意をつかれたものだった。

そのころだったと思うが、四条と堀川の交叉する東南の隅にやや大きな病院があり、よくその側を歩いていた。

あるとき、その病院の壁面に見慣れない銅銘板がはめこまれているのに気がついた。近づいてみると「二十六聖人発祥の地」と刻まれていたのである。

そこは当時、キリシタンたちによる宣教運動の中心地の一つとされていたが、秀吉の禁教令によって二十六人の宣教師や信徒が捕えられ、そのまま九州の長崎まで引き立てられていったのだという。

堀川通りをわたって南北の小路に入ると、その殉難の様子を伝える遺品を収蔵する、「フランシスコの家」がひっそり隠れ家のようにたたずんでいた。

それからしばらくして、私は用事で長崎にでかけることになった。そこはもっと若いころ、キリシタンの里をたずねて平戸市生月島《いきつきしま》に行き、五島列島の突端まで足をのばしたところだった。

しかしそのころはまだ、二十六聖人のことはまったく知らなかった。もちろん殉難の場所も知らなかった。

偶然にも、投宿したホテルから歩いて一〇分ほどのところに、二十六人が死刑に処せられた丘があった。

ＪＲ長崎駅の近くに位置し、ＮＨＫ長崎放送局の脇の坂道をのぼっていったところが公園になっている。

その丘に立ってふり返ると、眼下に長崎湾が見下ろせた。

気がつくと、公園のやや奥まった小高い場所に、お目当ての建物がある。

等身大に近い二十六人の銅像が横一列に並び、大きな長方形につくられた石の壁のなかに、きれいに埋めこまれていた。

近づいて仰ぐように見上げると、その多くは日本人の男女の信徒たちだったが、なかにフランシスコ会宣教師の顔もまじり、さらに背の低い三人の子どもたちがいた。

視線を移動させていって、私は驚いた。かれらがいずれも、両足のつま先を下に垂れていたからである。おそらく十字架に吊るされて処刑されたであろう当時の生々しい姿を、その垂れ下ったままの両足があらわしていた。

さらに目を近づけると、足袋をはいているのや、はだしのままのがあった。伝承によると、かれらは京都から歩きづめに歩かされ、両足が血だらけの無惨なありさまで長崎にたどりついたのだという。

その行程に、いったいどのくらいの日数がかかったのだろうか。聖人たちの記念像はその酷薄な歴史の記憶を、ひそかに告発しているようにみえたのである。

聖人群像から、やや離れた公園の隈に碑が建っていた。そこに二人の俳人による作品が刻まれているのが目に入った。

天国《ぱらいそ》の夕焼を見ずや地は枯れても　　水原秋桜子

たびの足はだしの足の垂れて冷ゆる　　下村ひろし

水原秋桜子の方は、長崎湾のはるか西の海、そこに沈む夕日をみながら処刑された、殉教者たちの姿をよみがえらせている。

下村ひろしは、その殉教者たちの、ぼろぼろになった足袋の足、血だらけになった、はだしの足に目を凝らしている。

そういえば、二十六聖人像の垂れ下った五十二本の足元には、『マルコ福音書』のつぎの一節が、太々と記されていたのである。

　人若し我に従はんと欲せば　己を捨て
　十字架をとりて我に従ふべし

やはりこの場面では、歌人の登場する余地はなかったのかもしれない。俳句の腕力が試される舞台、だったのだろう。

水原秋桜子と下村ひろしの、苦渋にみちた顔が浮かぶ。

挽歌の作法

いま、われわれは挽歌の季節を迎えているのかもしれない。

阪神・淡路の大震災、東日本を襲った3・11の大震災をはじめ、想像を絶する風水害がほとんど毎年のように発生している。

「災害は、忘れた頃にやってくる」のではない。

「災害は、すぐやってくる」のだ。

そして、復興は遅々としてすすまない。そんななか、死者への思いがますますつのっている。挽歌への思いを通して、一期一会の「辞世」の岸辺にわれわれを誘なっている。

挽歌とは、もともと死者というよりは、死者の魂にむかって語りかける心の叫びであった。それが古代万葉人の作法であり、先祖たちの日常における暮らしのモラルだった。

だが今日、われわれはもはや死者の魂の行方にリアルな想像力をはたらかせることができなくなっている。遺体という死の現実を前にして、ただ呆然と立ちすくんでいるだけではないだろうか。

もっとも人々は、死者を祀《まつ》る仏壇の前で掌を合わせ、遺影を見上げて、死者の面影をさぐる。位牌や遺骨、そして海辺に打ちあげられる流木などにも死者の気配を感じ、神経を集中する。

ときに夢の中にそれを求め、一瞬の安らぎを覚える。雪や雨、そして目に見えない放射能の中にさえ死者の身じろぎを感じている。

苦しみの一年が過ぎ、悲しみの一年がつみ重なっていくうちに、野をわたる風が死者の声を運んでくれる。山中の樹木のあいだに亡き人の姿が立ちのぼる。日に輝く海のかなたからも、なつかしい人の言葉がきこえてくる。われわれが発したはずの挽歌の声が、まるでブーメランのように死者の側から逆にとどけられる。それがまた、癒やしの循環をつくり出す。

以前、「日本の歌はもはや空を飛ばなくなった」といったのが阿久悠だった。3・11以後のわれわれの挽歌が、何となく力弱く感じられるようになったのもそのためかもしれない。

その阿久悠が昭和五十九（一九八四）年につくったのが「北の螢」で、それをうたう森進一の声をきいたとき、これこそまさに現代日本の心をつらぬく挽歌ではないかと、私はわが耳を疑った。

出だしがいい。「山が泣く、風が泣く、少し遅れて雪が泣く」。情の深い女が男を追って雪の北国のはてまで流離していく話である。そしてつづく。

「もしもわたしが死んだなら、胸の乳房をつき破り、赤い螢が翔ぶでしょう」。

「赤い螢」が燃える魂となって飛んでいくイメージである。

ホーホー　螢　翔んで行け
怨みを忘れて　燃えて行け

死のまぎわに生きる魂が北にむかう赤い蛍となって燃えている。生にふみとどまる者の祈りの言葉と情の深さが、空を飛ぶ挽歌の言葉を生き生きと蘇らせているといっていいだろう。

私は3・11の二年後に、宮城県の石巻市を再訪し、大川小学校の前にたたずんだときのことが忘れられない。震災の直後に訪れたときは、そこはガレキの山に覆われ、まさに賽の河原というしかない荒涼とした光景をさらしていた。

けれども時を経てふたたび訪れたときには、旧校門前に親子地蔵尊が祀られ、参詣者たちが唱えるご詠歌と般若心経の声が天空にひびきわたっていた。それが古代万葉人たちの挽歌の調べとなって、私の魂を揺り動かしたのである。

あれから時が流れる。

大地が揺れ、津波が襲ってきてから四、五年がたつと、何かが変りはじめる。

いったい、何が変ったのか。

何よりも、災害記憶の風化がはじまっている。「東北」忘却の勢いにも加速がつきはじめている。とりわけ激震地、荒廃地の周辺からは、ヒトやモノやカネの流れが引き潮のように引いていく。そして私も、その流れに流されている……。

非情の歳月が演出する、どうしようもない変化である。予測されていた変化だ。誰でも心の奥底で覚悟していたはずの変化である。

だが不思議なことに、同時に思いもかけない異変がともなっていたようだ。

それには、三つほどの流れがあったのではないだろうか。

一つは、見守る側と見守られる側のあいだの壁が急速にとりはらわれていった変化だった。

痛みや苦しみを訴える者たちと、それをただ聴くほかなかった者たちのあいだのへだたりが、だんだんみられなくなった。介護する者、それを受けとる者のあいだの不均等な関係が崩れていった。そのことが、被災した宗教者たちの苦悩と迷いの告白のなかに印象的に語られるようになったからである。衆生《しゅじょう》病む、ゆえにわれまた病む、である。それが胸を打つ。

第二が、生き残った者たちの前に、死者たちの生々しい声や姿があらわれはじめたという変化だった。深く傷ついた災害地の人々の多くは、そのような死者たちの声や姿に接して、それをもはや幻想とか幻覚とかいう言葉に置きかえようとはしなかった。

そもそもこれらの言葉は、この世には存在しないものを実在するかのように錯覚する現象をさす。だが、災害地にあらわれる幽霊や、海や山のかなたからきこえてくる声や呼びかけは、もはやけっしてたんなる幻でもなく、かりそめの一時的なイメージでもなかった。

それは家族の肉声そのものであり、生きている者の隣人のリアルな姿である。そのことを証言する舞台に立つのが、死者の思いをこの世に伝えるイタコさんやオガミヤさんたちだった。こうして仏《ほとけ》おろしや魂呼《たまよ》ばいの過去の伝統が蘇ったのである。

第三に、ヒトと動物のあいだをへだてていた柵がみるみるとりはらわれていったのだ、という。

とくに福島原発の事故により、飼育されていた大量のウシ、ウマ、ブタなどの生きものたちが飢餓の中に置き去りにされ、野性化の道に追いやられた。やがてかれら生き物たちは「安楽死」という名の悲しい運命を引き受けさせられる。

以前、九州の地で口蹄疫の事件が発生したときのことが浮かぶ。大量の生きものたちがつぎからつぎへと「殺処分」にされていった。たしかにさきの「安楽死」といういい方には、この「殺処分」という冷たい法律用語の感触にくらべれば、ヒトと動物の差異をのりこえようとする優しい配慮のあとがみえる。

けれどもその動物たちの、かならずしもわれわれの耳にはとどかない悲鳴の声は、日々放射能の脅威にさらされている原発被災地の人々の不安と動揺の思いにそのまま重なってきこえてくるようだ。

われわれは今後も、それらの変化の背後にあるものをしっかり見定めていかなければならないのだろうと思う。

　死者はもう、何も語らない。生き残った者たちに、何ごとも語ろうとはしないだろう。もちろん3・11の犠牲になった死者たちも、そのときからは沈黙を守り、一切語ろうとはしない。

　死にゆくときの苦悶の表情、嘆きの声、恐怖の叫びが、その場に凍結されたまま生き残った者たちの胸を刺す。その死者たちの無念の思いに、誰も応えることはできない。その辛い悔恨の情が、いつまでもわれわれの心の中から消えることはない。

　生き残った者たちの手元にのこされているのは、死者たちの苦悶や嘆きや恐怖の思いをなだめ、その行き場のない魂を鎮めようとすることしかないからである。

　だがそれではたして、死者たちは満足するだろうか。その魂はどこかに救われていくのだろうか。残念ながら、それを明かす証拠はどこにも見いだすことはできないだろう。死者たちは何も語ってはくれないからだ。死者はその胸の内を閉ざしたまま、いつまでもわれわれの前で沈黙を守っている。

　ふと、死者たちは生き残った者を許してはくれないのかもしれない、と思う。いくら死者たちへの心からの言葉をさしだしても、鎮魂や供養のまことをつくしても、芸能や儀礼を通して祈りつづけても、もうそれでいいよ、といってはくれない。そのまま悲哀の表情や嘆きの声を、その胸の内に収めてはくれない。

時がたち、やがて生き残った者たちの記憶が薄らいでいく。死者たちの苦悶や嘆きや叫びにいつでも直面し、それに耐えつづけることはできないからである。その現場から顔をそむけ、どこからともなくやってくる忘却の慰藉《いしゃ》へとわが身をゆだねるほかはないからである。

無常の風が吹いているのである。自然のかなたから、それは吹いてくる。死者たちの、そのかたわらからも吹きあげてくる。

気がつくと、災害のあと、この世に生き残った者たちが同じ生き残った者たちに寄りそい、耳を傾け、慰めの声をかけようとしている光景にどこでも出会うようになった。

介護の手を差しのべる人、ケアのために献身する人、そして最期の看取りをする人、人……。死者たちが何ごとも語らない存在になってしまっている以上、それはもういたし方のないことであり、当然のことかもしれない。

生き残った者たちが死者にたいしてできることといえば、死者にむかってしずかに別れを告げ、その魂が他界におもむくよう願うことをおいてほかにはないだろう。天国や浄土、そしてこの自然という墳墓の地にお還りいただく、それをただひたすら祈りつづけることだったのではないだろうか。

このように考えてくるとき、ああ挽歌とは、生き残った者たちが同じ生き残った者たちにむけてさしだす悲しみと慰めの歌だったのだ、ということに気づく。一見それは、ややもすれば死者たちにむけられた死者たちのための歌、のように考えられてきた。けれども、じつはそうではなかったのかもしれない。

そうではなく、まさに生き残った者たちにむかい、さらに生きよ、と語りかける、励ましと慰めの歌だったにちがいないのである。

挽歌とは、生き残った者たちにこそとどけられる、究極の愛の相聞歌だったのではないだろうか。

それは本来、たんなる「辞世名言集」などではなかったのだ。むしろ「辞世の讃歌」として、つぎの世に受けつがれていく「辞世の作法」そのものだったと思うのである。

あれから十年が経つ。

二〇二一年に「東北地方太平洋沖大地震」が発生してから十年、ということだ。

今、私はときどきベッドを離れ、窓際に座り、終日青空を眺めていることがある。コロナ、コロナでからだの芯が疲れ、テレビや新聞をみるのが億劫になってきた。

あの十年前の3・11のときは、直後の時期に現地に赴いたが、こんどばかりは違った。ちょうど一年前、新型コロナ・ウイルスの感染がはじまったころに体調を崩し、肺炎の重症化を告げられ入院を余儀なくされたからだった。

幸いコロナによるものではなかったが、しばらくのあいだ生死のあいだをさ迷い、いつ心肺停止がやってきてもおかしくはない状況の中で息をつないでいた。

年が明け、例によって晴れた日の午後、窓際で雲の流れを眺めているときだった。学生時代に読んでいた森鷗外のエッセーが、突然、記憶の片隅に蘇った。

そのタイトルが「空車」――。

日ごろの妄想癖がコロナでさらにつのったのか、カラコロ音を立てて空を行く車が宙に浮んだのだ。

著者は冒頭で、この言葉は古言の一つで、「むなぐるま」と読む、と例によって古文書狂い、講釈遊びの顔をのぞかせているが、私が興味をもったのは、もちろんそんなところではない。後半で鷗外はこんなことをいっているのである。

わたくしの意中の車は大いなる荷車である。その構造は極めて原始的で、大八車と云うものに似ている。……この大きい車が大道狭しと行く。……馬の口を取っている男は背の高い大男である。……この車に逢えば、徒歩の人も避ける。騎馬の人も避ける。貴人の馬車も避ける。富豪の自動車も避ける。……送葬の行列も避ける。……そしてこの車は一の空車に過ぎぬのである。

鷗外がこれを書いたのが大正五（一九一六）年、五十五歳のときだった。ここで告白されている当時の心境を、はたして老成の風格とみるか、それとも絶望苦渋の諦念と観察するか、はなはだ微妙なところではある。とにかく彼の死は、その六年後になって訪れる。

コロナ禍の一年を過ぎて私が鷗外の「空車」を想いおこしたのは、一つにはある新聞の片隅に、ALS（筋萎縮性側索硬化症）の患者さんによるつぎのような記事を読んだからだった。コロナによる死が、いつ、どこで、誰の身に生ずるか予測がつかない時代がやってきた。それで身障者と健常者のあいだに真に平等の関係が生まれたのではありませんか、と。

この発言が目に入ったとき、私は不思議な緊張と肉感的なリアリティーを覚えたのである。あの3・11の大災害と原発事故が発生したときは、それぞれのご遺体の前で呆然自失するほかない人々の姿が目立ち、それが強く印象にのこったが、右の発言には、一種突き抜けたような明るさが漂っていたような気がする。

もう一つは、年が明けてから気がついたことだったが、コロナの感染で亡くなった方が、お棺ではなく、「納体袋」というものに容れられて運ばれ、のこされた遺族が対面することも見送ることもできない状況が生じていることを知ったときだった。

すでに「ソーシャル・ディスタンス」とか「三密」のような言葉遣いが普通になり、それがウィズ・コロナとかアフター・コロナと並ぶ日常のメッセージになっていた。

かなり以前のことになるが、モーツァルトの評伝映画を見たときだった。亡くなったあと彼の遺体が茶褐色の袋に容れられ、郊外の墓場の大きな土の穴に投げこまれる場面が映しだされていた。

それを思いだしたのだった。むろんこれは「最期は大自然に還る」というアニミズムの大義からすれば、何ら驚くにはあたらないことかもしれないが、いざ眼前につきつけられるとさすがにたじろぐ。亡くなった人の魂鎮めをする別れと見送りの時間が、そこではまったく失なわれているからである。

そこで鷗外の話にもどるのだが、彼が「空車」を書いたのは晩年になって「渋江抽斎」「伊沢蘭軒」「北条霞亭」という三人の儒者の史伝にとりくんでいる頃で、その後彼は、腎臓の病と肺結核に悩まされることになる。

その生涯に数々の顕職と重職につき、医者として軍務もこなして生きてきた鷗外は、あまりにも多くの重い荷物を背負って歩いてきた。それらの荷物をいったいどうしたらきれいさっぱり降ろして、わが道を歩いていったらいいのか、そんな思いを「空車」のイメージに託そうとしていたのではないだろうか。

いつ死が訪れるとも知れないコロナ禍のなか、卒寿を迎える私の中でも、この車がカラコロと回っている。

魂鎮め
何のせて行く
空車

「あとがき」に代えて　辞世の弁「若き魂たちよ」

若者よ

藝術は今暗い道を歩いている
地の果てをさ迷い歩いている
太陽の輝きは薄れ
美を追う者はその心に自嘲の影を宿している
逆境の藝術に息を吹き込む者はいずこ
悲運の藝術に霊気を送り届けるものは誰

伝統の器に自閉する
美辞麗句やキマリ文句はもう要らぬ
お伽噺めいた神話
手垢によごれた古典

打ち上げ花火のような祝祭騒ぎ
もうたくさんだ

ルネサンス　宗教改革　産業革命など
情報革命　科学技術立国などの掛け声も願い下げだ
すべては外からやってきた西洋モデル
それが生み出し肥大化しただけの
一瞬の光明と幻影でしかなかったのではないか
科学の進化に引きちぎられ
技術の暴走に足元をすくわれ
この荒野に向かって弓を引き絞り
鐘を打ち鳴らす者こそ君たちではないか

そこへ次代の闇を引き裂くコロナの禍いが襲ってきた
人類の原罪に嫌でも目を向けさせ
地球の運命を白日の下にさらけだして

今こそ目を挙げ一点を凝視するときがきたのだ
高く強く叫び声をあげるときがきたのだ
大自然の律動に耳を傾け
万物とともに生きる知恵を学び
愛と創造のためすべてを投げ打つ覚悟のときだ

その極上の美酒を飲みほす者ははたしていずこ
その無量無辺の跳躍にいどむ者ははたして誰
迫りくる滅びの足音を塞ぎとめ
未来への暁の鐘を突くのは君たちだ

若き魂たちよ

二〇二〇年一一月二三日、
創立30年の記念日を
迎える京都芸術大学
（旧京都造形芸術大学）に寄す

KODANSHA

本書は、二〇〇二年に刊行された『こころの作法』（中公新書）
を改題、新たに新章「辞世の作法」を書き下ろし、
辞世の弁「若き魂たちよ」を掲載したものです。

JASRAC 出 2105231-101

山折哲雄（やまおり　てつお）

1931年，米国サンフランシスコ生まれ。東北大学文学部インド哲学科卒業。国際日本文化研究センター名誉教授。国立歴史民俗博物館名誉教授。専攻は宗教史・思想史。著書に『愛欲の精神史』『死の民俗学』『親鸞をよむ』『能を考える』『仏教用語の基礎知識』『神と仏』『「ひとり」の哲学』『「身軽」の哲学』，学術文庫に『仏教民俗学』などがある。

講談社学術文庫

定価はカバーに表示してあります。

辞世《じせい》の作法《さほう》

山折哲雄《やまおりてつお》

2021年8月10日　第1刷発行

発行者　鈴木章一

発行所　株式会社講談社

東京都文京区音羽 2-12-21 〒112-8001

電話　編集（03）5395-3512

販売（03）5395-4415

業務（03）5395-3615

装　幀　蟹江征治

印　刷　豊国印刷株式会社

製　本　株式会社国宝社

本文データ制作　講談社デジタル製作

ISBN978-4-06-524633-7

「講談社学術文庫」の刊行に当たって

これは、学術をポケットに入れることをモットーとして生まれた文庫である。学術は少年の心を養い、成年の心を満たす。その学術がポケットにはいる形で、万人のものになることは、生涯教育をうたう現代の理想である。

こうした考え方は、学術を巨大な城のように見る世間の常識に反するかもしれない。また、一部の人たちからは、学術の権威をおとすものと非難されるかもしれない。しかし、それはいずれも学術の新しい在り方を解しないものといわざるをえない。

学術は、まず魔術への挑戦から始まった。やがて、いわゆる常識をつぎつぎに改めていった。学術の権威は、幾百年、幾千年にわたる、苦しい戦いの成果である。こうしてきずきあげられた城が、一見して近づきがたいものにうつるのは、そのためである。しかし、学術の権威を、その形の上だけで判断してはならない。その生成のあとをかえりみれば、その根は常に人々の生活の中にあった。学術が大きな力たりうるのはそのためであって、生活をはなれた学術は、どこにもない。

開かれた社会といわれる現代にとって、これはまったく自明である。生活と学術との間に、もし距離があるとすれば、何をおいてもこれを埋めねばならない。もしこの距離が形の上の迷信からきているとすれば、その迷信をうち破らねばならぬ。

学術文庫は、内外の迷信を打破し、学術のために新しい天地をひらく意図をもって生まれた。文庫という小さい形と、学術という壮大な城とが、完全に両立するためには、なおいくらかの時を必要とするであろう。しかし、学術をポケットにした社会が、人間の生活にとってより豊かな社会であることは、たしかである。そうした社会の実現のために、文庫の世界に新しいジャンルを加えることができれば幸いである。

一九七六年六月

野間省一